"周亦滢,我是认真地在追你,不是玩玩而已,别的事情你都不需要担心,在我这里,你只用选择接受,或是不接受。"

"我很庆幸,你拒绝我不是因为他讨厌弃了我,也不是因为喜欢上了别人。"

别的事情你都不需要担心。

有爱的青春陪伴者

伊水十三 /著/

# 藏拙

四川文艺出版社

图书在版编目（CIP）数据

藏拙 / 伊水十三著 . -- 成都：四川文艺出版社，2024.5
　　ISBN 978-7-5411-6945-8

Ⅰ.①藏… Ⅱ.①伊… Ⅲ.①长篇小说 - 中国 - 当代 Ⅳ.① I247.5

中国国家版本馆 CIP 数据核字 (2024) 第 075707 号

CANG ZHUO

## 藏拙

伊水十三 著

| | |
|---|---|
| 出 品 人 | 冯　静 |
| 责任编辑 | 彭端至　王梓画 |
| 特约编辑 | 蒋彩霞 |
| 装帧设计 | 刘　艳　唐卉婷 |
| 责任校对 | 段　敏 |
| 出版发行 | 四川文艺出版社（成都市锦江区三色路 238 号） |
| 网　　址 | www.scwys.com |
| 电　　话 | 0731-89743446（发行部）　028-86361781（编辑部） |
| 排　　版 | 长沙大鱼文化传媒有限公司 |
| 印　　刷 | 长沙鸿发印务实业有限公司 |
| 成品尺寸 | 145mm×210mm　　　开本　32 开 |
| 印　　张 | 9　　　　　　　　　字数　194 千字 |
| 版　　次 | 2024 年 5 月第一版　印次　2024 年 5 月第一次印刷 |
| 书　　号 | ISBN 978-7-5411-6945-8 |
| 定　　价 | 45.80 元 |

版权所有·侵权必究。如有质量问题，请与大鱼文化联系更换。0731-89743446

目录

第一章 · 001
少年**意气风发**

第二章 · 030
明知是**风**，却忍不住**心动**

第三章 · 085
曾有**恋慕**，不见**天光**

第四章 · 121
又是一年**冬**

第五章 · 156
不要再**喜欢他**了

第六章 · 177
"这次换我，行不行？"

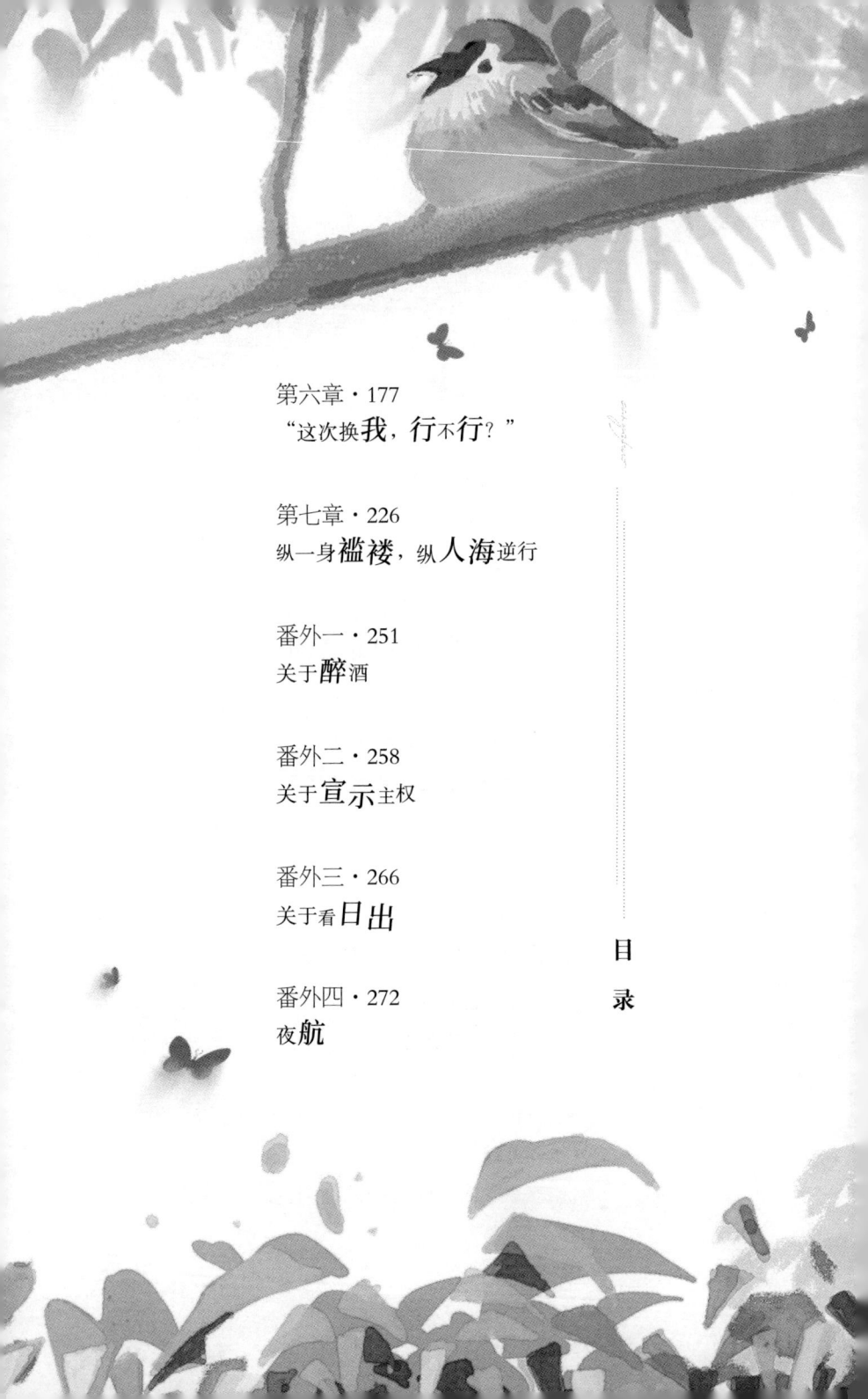

第七章 · 226
纵一身褴褛，纵人海逆行

番外一 · 251
关于醉酒

番外二 · 258
关于宣示主权

番外三 · 266
关于看日出

番外四 · 272
夜航

目录

## 第一章
## 少年意气风发

故事从那年八月开始。

暑期过去,暑气还未散尽,津市一中高三返校的前一天,周亦澄陪母亲魏宇灵回了一趟师大,办理离职手续。

外面阳光炽烈如火,行政楼走道却异常空旷阴冷,周亦澄等在外面,觉得站着不舒服,于是跟魏宇灵发了条消息后,抬步往楼下走。

这会儿还没到师大学生返校的日子,楼梯间空空荡荡,周亦澄的鞋跟有点硬,踩在光滑的地砖上,啪嗒作响。

走到三楼拐角处,她忽然听见一道尖锐的女声——

"都是因为他!我以后的路都被堵死了,你让我怎么办?让你离婚你不离婚,怎么还想着出去打工帮他还债啊?你不管我了吗?!"

周亦澄被这声忽然拔高的质问吓了一跳,倏而停步,小心地敛住气息。

犹豫片刻后,她轻手轻脚地扶着栏杆,透过楼梯间缝隙向下看。

女生蹲在台阶上,后背微颤,有一种歇斯底里的脆弱感,像是在哭。

"你们总让我谅解他谅解他,可你们到底有没有想过,我明明什么也没做错啊,凭什么被毁的是我的未来?

"你以为我愿意当你的女儿吗?我……"

女生说到这儿便没再继续说下去,手机仍贴在耳边,低着头泣不成声。

断断续续的哭声回荡在楼梯间,周亦澄等了好一会儿,才用脚后跟轻轻敲了敲地面。

女生被提醒,几乎是瞬间收住了哭声。

周亦澄面色仍未有起伏,慢慢地往下走。

她能感觉到落在自己身上的探究视线,略一低头,假意玩手机。

手机屏幕上蹦出条来自魏宇灵的消息,问她在哪儿。

周亦澄打字回:【我在楼下等你。】

与女生错身而过时,她听见对方突兀地叫住她:

"你说,为什么有人明明什么也没有做,报应却独独落在了她头上?"

周亦澄脚步顿了顿,手无意识地扶住了一旁的金属扶手。

凉意从手心侵袭,她没看那个女生,沉默两秒后,再次抬步,声音平静而缥缈。

"都一样。"

都一样。

周亦澄想,她又何尝不是这样。

三个月前，父亲周明海入狱，从逮捕到判决下来直到现在，她都不知道周明海到底犯了什么事，只知道他被判了十五年，得六十多岁才能出来。

变故出现得毫无预兆，家中条件一落千丈，转眼便背上高额债务，一夜之间家里能卖的都卖了，险些连房子都保不住。

偏生魏宇灵性子清高，不愿再当老师落人口舌，亲戚同事苦劝小半个月无果，她最终仍选择辞职，打算找其他工作。

又不知是谁走漏了风声，从前几天开始，不断有同学朋友来找周亦澄，旁敲侧击地问起这些事。

无论是关心还是八卦看戏，每搪塞过去一个人，耻辱感便宛如刀刃一般将她凌迟一次，提醒她自此人生中再也摆脱不掉这个莫大的污点。

重重变故天翻地覆地叠加在一起，天堂地狱也不过如此。

她一无所知，却被推着跌入这样羞于启齿的境地，被迫承担他人犯下的后果。

明明她也不想。

……

周亦澄抱臂靠在一楼的玻璃门上，有点麻木地发着呆，忽觉肩上落了一只手。

魏宇灵站在她身边，心知肚明她在想什么，没说其他，只简单道："回去了。"

周亦澄神色淡淡："嗯。"

阳光落在裸露的皮肤上，火辣辣地疼。

回去的公交车颠颠簸簸，周亦澄扶着扶手，在夹杂着各种气味的车厢里昏昏欲睡，到家便倒在了床上，什么也不想多管。

外面魏宇灵打电话的声音不断透过薄薄的门板传进来，周亦澄不用猜也知道，魏宇灵在找周明海曾经的那些朋友借钱。

可惜三天了，多少个电话打过去，就没有成功过。

都是一群落井下石的人罢了，风光时称兄道弟不亦乐乎，可真出了事，连一个能帮上忙的都没有。

领略世态炎凉的方式很简单，只需要一个变故。

听着魏宇灵好声好气到甚至有些卑微的说话声，周亦澄身子蜷在一起，心里莫名泛酸。

傍晚时，客厅里打电话的声音终于停住，接着便是一阵脚步声经过门前，行李箱滚轮擦过地板的闷闷声响入耳。

周亦澄走出房间，便见魏宇灵正将几件换洗衣物往行李箱里扔。

听见开门的动静，魏宇灵动作停了一下，回头去看周亦澄，带着几分不舍地笑笑："明天妈妈就要去隔壁市上班了，澄澄，你一个人能照顾好自己吗？"

周亦澄低了低头，借着刘海挡了一下眼底的情绪，轻轻出声："嗯。"

魏宇灵又问："明天回学校，还有什么要买的吗？"

她问的时候小心而局促，末了还忍不住补充一句："有些不太重要的东西就先不买了，以后要用再说。"

周亦澄莫名像是被刺了一下，忍住再把自己关回房间的冲动，越过她往厨房走。

"没有了,都够用。"

第二天下午,母女俩在小区门口简单拥抱道别,一个坐上开往车站的公交车,一个往学校走。

津市一中离周亦澄家不远,走路十五分钟的路程,她却硬生生走了半个小时,踩着规定时间的最后一分钟进的教室。

教室里热热闹闹的,阔别一个暑假,班里人三三两两聚在一块儿,一边收拾东西,一边聊得火热。

只是在周亦澄踏进来的那一刻,教室里诡异地安静了几秒。

全班的视线霎时都往她身上聚,情绪各异,或怜悯或好奇。

周亦澄对别人的视线天生敏感,只觉一阵芒刺在背,脊背僵硬地绷直。

她使劲儿拽着书包带,假装无所察觉,往里走去。

除了公布成绩的时候,她在班里的存在感向来薄弱,游离在所有小团体之外,又因不善交际,并没有什么交心的好朋友,所以也不指望会有人站出来帮她解决尴尬。

周亦澄的位子在第一排靠窗,坐到位子上,她自动屏蔽耳边闹哄哄的声音,专心收拾东西。

后面突然有人拿笔戳她,嬉笑的男声响起:"借抄一下呗?"

她随手从作业堆里摸了个本子丢过去:"抄快一点,老师来了就还我。"

作业到手,程朗敷衍地连道几声"OK",便奋笔疾书起来。

周亦澄知道程朗什么德行,没再理会,在嘈杂的背景音里专心收拾。

哄闹声中，一个刚去上厕所的同学突然慌忙冲回教室，手掌心在教室门板上狠狠一拍。

"咚"的一声闷响，如箭入云霄——

"'方脑壳'来了！"

瞬间的寂静后，教室里各种东西碰撞的声音开始响个不停，聚在一起的人纷纷闭嘴各归各位。

"方脑壳"是给班主任王方取的外号，人如其外号，脑袋方，行事风格也方方正正，见不得乱。

周亦澄听见动静，下意识往门外看了眼，回头去拿自己的本子："程朗，作业该还我了。"

程朗不放，头也没抬："还没写完，等下。"

周亦澄皱眉，手上用了点力："老师要来了。"

"怕什么，又不会被发现。"程朗满不在乎，也使力把作业往自己的方向拽。

两边都不愿意放手，一时僵持不下。

见王方一只脚已经踏进门，周亦澄心一慌，咬了下唇，趁着程朗放松的时候，又加了把劲："你找暂时不交的抄一下吧。"

这股力使得急，程朗猝不及防被扯得身子往前倾，连带着本子上也被拉出一道黑而长的笔迹。

动静有点大，"哗啦"一声，在安静的环境里响得突兀，引得王方眯眼看过来，王方背起了手，笑里藏刀："程朗，这个假期，玩得乐不思蜀了吧？"

四周闷闷的偷笑声此起彼伏，程朗面上笑呵呵的，不知道自言自语了什么。

只有坐在前面的周亦澄听得真切——

"就没见过这么装的!"

周亦澄脸上浮起些热,假装没听见,低头把被弄皱的纸页抚平。

王方许是今天心情不错,打趣完便将这事揭过,踱着步走上讲台,例行讲规矩、劝收心、展望未来。

周亦澄注意到王方的目光时不时往门外瞟,也总被带着看向那个方向,久而久之有点儿出神。

这时正值夕阳西下,走廊地砖被窗外大片大片的橘色晕染,柔黄的光线透过玻璃洒到教室门前,静谧而美好。

正发呆,忽见一片橘色里多了抹暗色的影子。

周亦澄眨眨眼,视线好奇地往上移——

瘦削颀长的身影猝然撞入眸中。

少年倚在门框上,半张脸浸在夕阳里,额间碎发落下的阴影斑驳,衬得侧脸轮廓越发清晰锋利。

是一个陌生的面孔。

他没穿校服,一身最简单的短袖白衬衫配黑裤,单肩挂着书包,手腕上的金属链条反射出冷淡的光。

感受到落在身上的目光,少年视线越过满教室的人,与周亦澄的视线交汇,带着几分戏谑地勾起唇。

一阵风带起衣角,少年不避不让,眼底情绪肆意而张扬。

瞬间,周亦澄不知为何有些目眩。

被抓包的心虚感上涌,她手足无措地滞住,还未来得及错开视线,便见他先偏了头,像是刚才什么也没发生一般,屈起指节,漫不经心地叩响门板。

"报告。"

少年的声音有点冷，尾音扬起时却自有一种桀骜带笑的意味，像颗石头落入水中，搅乱一室的昏昏欲睡。

众人齐刷刷抬头，只有周亦澄不着痕迹地垂下眼睫，心绪微乱。

原来是新同学吗？

笔尖在草稿纸上无意识地旋转，留下几道凌乱的线条。

眼前是白纸黑字，却无端浮现出刚才少年肆无忌惮的目光。

太过坦荡，像风。

周亦澄脑海里突然冒出这个念头，愣了一下后，微微敛眸。

——又或许，其实并不是在看她。

王方话至中途被打断，非但没生气，反而停下来，笑呵呵地冲人招手："小聿，来做个自我介绍？"

少年"嗯"了一声，迈步进来，经过讲台时，随手将书包丢在上面，无比熟练地单手折断一根粉笔，侧身。

腕骨缠绕的手链松松垮垮地垂下来一截，随着他的动作晃动，不时拍打在黑板上。

几秒后，黑板上"裴折聿"三个大字苍劲利落地呈现。

他抱臂靠在一边，挑眉："应该不用我再介绍了？"

教室里死寂半秒，随后小范围地爆发起一阵惊呼——

"不是吧？学校居然把这尊大神挖过来了？"

"为了高考那点大字报，真拼啊……"

"怪不得方脑壳今天高兴得跟中彩票一样，这两年心心念念的隔壁家学生现在变成自家的了,就是我们以后惨咯——"

"之前就听我在明达的朋友说过他长得帅,没想到会这么帅……这就是人与人的差距吗?!"

……

确实不用再介绍了。

余光瞥清黑板上的字,周亦澄又在草稿纸上画了两道潦草的线,眼神变得有些复杂。

这名字她熟得不能再熟。

省重点明达中学的理科王牌,以省为单位的大小统考常年稳坐第一,每一次考试排名出来,王方都会单独把她叫出去,把她的成绩同他的比较,以此来分析她的优势与劣势。

算得上贯穿她半个高中时代的"假想敌"。

而现在"假想敌"近在眼前,用一种嚣张骄傲的方式聚焦了所有人的目光,而她坐在台下仰望着他,却好像一下子失去了评价的能力。

像这样的人,跟她甚至不属于一个世界。

不知是自卑还是其他的情绪缠绕在一块儿,周亦澄轻吐一口气,拿出背单词的小册子,假装对此浑不在意,眼神却还是忍不住偷偷瞟过去。

说不清是怎么回事。

班里又闹了会儿,待到大家的激动劲儿慢慢过去,王方适时拍手示意:"行了,都安静下来。赵青延,去三楼空教室搬套桌椅来。"

叫赵青延的男生嬉皮笑脸应了声是,起身奔出教室,王方叮嘱了一句"快点",而后用一种商量的语气,让裴折聿暂时先坐在讲台旁的椅子上。

裴折聿颔首,便大大方方屈腿坐下。

大约是椅子有些矮,他调整了下姿势,一双长腿向前抵了抵。

高高的讲台将他的人影挡了大半,他斜侧着坐,只有周亦澄能刚好看清他在做些什么。

她见少年象征性地拿了本书出来看,等到王方走下讲台开始巡视,便直接把书合上,微低下头,把玩着腕上的手链。

"我让张老师去打印上学期期末的成绩排名了,之前说了的,这学期按成绩分组,十二个组长到时候就按着……"

王方边走边继续说着换座位的事,裴折聿置若罔闻,手上仍没停。

冷白而骨节分明的手指不断在银色链条之间穿梭,游刃有余地将长长的链条拆解缠绕成不同的形状。

没见过一条手链也能这样玩,周亦澄的注意力跟着分散,渐渐地看入了迷。

不知过了多久,裴折聿手上动作猛地一停,似有所感地掀了掀眼皮,正好对上周亦澄有些发愣的一双眼。

他饶有兴趣地眯眸,从容到毫无做坏事的自觉,食指伸长竖在唇前,冲她做了一个嘘声的手势。

三分促狭,又懒又坏。

第二次偷看被抓包,周亦澄霎时回过神来,大脑一片空白,做贼心虚般低头把手里的小册子翻过一页后,心脏仍跳得厉害。

她听见一声若有似无的低笑,飘在空中,很快消散。

她再小心翼翼地抬眼，却发现裴折聿已收好手链，继续看起了书，根本没再注意这边。

是错觉吗？

有晚风从未关严的窗缝吹进来，与教室里沉闷的冷气搅在一块，一如她紧张而混乱的思绪。

周亦澄也不知道自己怎么了，眼前密密麻麻的单词整齐排列，她却走马观花似的一个个扫过去，到头来却一个生词也没记住。

好奇怪。

十分钟后，赵青延把桌子搬回来，顺便带回来了一张成绩排名表。

新桌子被摆放在教室最后方角落处，刚好将缺口填满，八排六列，整整齐齐。

之前教室里座位分布是按着一人一列来，桌与桌之间空隙很大，王方盯着名单沉思片刻，最后决定将桌子分布调整为六排八列，两两同桌，前后两桌为一组。

换座位是个大工程，好在今天一整个晚自习都没什么事。王方先随便调整了一下桌子，把布局摆好，而后按着之前的想法，让学生都去走廊上等待，一个一个进来选座，等选完座之后再集体搬动桌子。

照着上学期的成绩排名，周亦澄的座位没有变，还是靠窗第一排，只是旁边挨了张桌子。

组长按着顺序进来坐好，就到了其他人选座的时间。

周亦澄对此并不抱什么期望，反正每一次到了这种需要分组的环节,她永远是捡剩下落单的那些人。

选座的人鱼贯而入,显然都是与人商量好了,挑也不挑一下,就去坐别人旁边,接着满意地相视而笑,甚至有的已经聊了起来。

王方教鞭拿在手上,点了点身前的桌面,警告:"再闹就不这样分了啊!"

说着,他看向周亦澄旁边空空如也的座位,半开玩笑地随口一提:"怎么没人选周亦澄?"

话音刚落,气氛突然变得微妙起来。

大家十分有默契地沉默着,都假装没听见,继续一个一个地去找座位坐。

这时,人群里冒出一只手,程朗唯恐天下不乱地扬声道:"报告王老师,是因为赵青延说他喜欢周亦澄,要跟她坐一块儿!"

明显的玩笑性质,语气刻意夸张,引得周围人忍不住"扑哧"笑起来。

赵青延被点名,直接一手拍在程朗背上,笑骂:"滚!我才不想!"

说到这里,赵青延卡了一下,好像意识到自己的失言,又忙改口:"不是,我的意思是,我已经和人打了招呼了,就不叨扰别人学习了……"

欲盖弥彰的滑稽感又引起一阵笑闹。

青春期的男生开玩笑没个轻重,丝毫不觉得这样有什么问题,要宝似的接着互怼。

"那你就是承认自己喜欢周亦澄了嘛!"

"程朗你是不是傻子啊!是你喜欢吧?"

王方绷着脸，拿教鞭"啪啪"拍了两下桌子，呵斥："你们两个安静点！"

两人这才安分下来。

周亦澄忽觉有些窒息。

被当成笑料的耻辱感如刺一般细细密密包裹住心脏，她眸光暗下来，放在桌面上的手无意识地攥紧。

指甲陷入掌心，引起钻心的疼，她疼得眼眶微酸。

周亦澄不敢再抬头，咬牙压抑住心底的酸涩，一声不吭。

她努力想模糊周遭的声音，却兀地听见有个散漫的声音破开杂声塞窣——

"老师，我能先选吗？"

是裴折聿。

他从人群里走出来，前面的人纷纷让道。

由于是新转来的学生，所以名单上没有他。虽然王方知道他的成绩如何，但直接贸然让他当组长，又总觉得对之前定好的组长不公平。

思来想去，王方还是把他放在了最后一个。

这会儿听他主动想先选，王方求之不得，假作沉吟片刻后，点头："也行。"

于是，裴折聿单手拎着书包，径自往里走。

周亦澄压根儿没想过裴折聿会走到自己身边，情绪还低落着，正自顾自盯着指甲发呆，就感觉到身边椅子被挪到一旁。

余光里，一个书包横在了桌上。

她错愕片刻，随即微微侧头，看过去。

裴折聿松懒着眉眼，在一圈人惊讶的目光中，毫不顾忌地坐了下来。

距离被拉近，伴随着阴影覆下，少年身上干净清爽的味道钻入鼻尖，无比清晰。

他手伸直，放在桌面上，食指轻叩两下。

声响很轻，但周亦澄却莫名听得清晰，"哒哒"两声仿若敲在心间，骤然扰乱思绪。

一颗心被高高抛起，周亦澄盯着他，张了张嘴，竟然一时间不知道该说些什么。

她不明白裴折聿为什么会选择坐在她身边，又不敢直截了当地问出来。

一个念头在这时闪过，周亦澄缓缓冷静下来后，抿了抿唇。

——是看她这样，觉得可怜吗？

自尊心作祟，怕自己说错话惹人不喜，她沉默了会儿，最终还是决定不吭声。

裴折聿侧眸注意到她欲言又止的神情，忽然笑了下，用一种玩味的语气问："怎么了？"

"没。"

周亦澄故作镇定地理了理鬓发，动作僵硬得可以。

"我知道你。"

周亦澄没想到裴折聿会突然这样说，手腕一抖，简单的一个音节被她发得磕磕巴巴。

"……啊？"

裴折聿丝毫察觉不到她的紧张，直起身，自然而然离她又近了些。

清爽的皂角香气也飘近了些。

"上次统考,全省数学满分只有两个,除了我,还有一个是你吧?"

他眼睛很漂亮,眼尾微微上挑,笑时带点放荡不羁的感觉。

"挺厉害。"

裴折聿顿了顿,像是想到了什么,语气仍很轻松:"我和你说这些,只是想告诉你,选你是因为我本来就想和你一组,你不用有负担。"

轻飘飘的一句话入耳,以一种不经意的方式,适时将她从沉溺的思绪里救起。

原来,不是觉得她可怜。

紧绷的神经一下子得到放松,一股难以言喻的感觉浮在心底,肆意蔓延,周亦澄呼吸微滞,鼻尖再次发酸。

她"嗯"了声,带点鼻音,闷闷的。

过了一会儿,身边人再没动静。

周亦澄以为是自己的反应让他觉得无趣,手指不自在地微屈,有些失落地浅浅吸了一口气。

下一秒,她稍一抬头,便刚好与一双浅褐色的眸子直直对上。

她一怔。

裴折聿半垂着眸,睫毛在眼睑处投下一层淡淡的阴影,侧头观察她片刻。

蓦地,他笑意中带了点痞气,语调懒洋洋地开玩笑:"这就哭了啊?"

裴折聿凑得有些近，使得两人之间笼上一小片昏暗。

少年的声音仿佛贴着耳边响起，压着笑意，沉沉的，还带点哑，震得人心脏发麻。

眼前的光线被遮挡，周亦澄下意识地屏住呼吸，别过脸，交握在一起的手指被捏得指节发白。

不想在别人面前表现脆弱，她嘴硬道："……我没哭。"结果刚说完，就忍不住吸了吸鼻子。

"……"

两秒的安静后，又是一声低笑自裴折聿喉间溢出："行，是我误会了，抱歉啊。"

说完，他便故作一本正经地重新坐直。

他没再继续同她说话，过了会儿，从包里拎出一瓶水，拧开盖子，仰头喝了一口。

恣意妄为惯了，裴折聿只把刚才的对话当作是平常对话，玩笑开完便抛在脑后，浑然未曾注意身侧少女不自然的反应。

另一边，周亦澄头埋得很低，看不见裴折聿在做什么，只能听见塑料水瓶被捏扁的"吱呀"声。

她背脊僵直，盯着自己的手指，唇瓣被咬得发白，就连呼吸也变得小心翼翼，生怕被旁边人发现异样。

——"这就哭了啊？"

方才的画面如浮光掠影，少年慵懒微哑的声音尚存耳际，混在塑料摩擦的杂声里，重复着一遍又一遍，格外分明。

像一道光，缓慢而不容抗拒地破开黑暗。

没来由地，她竟然有一种"得救了"的感觉。

发散的情绪在这一刻猛然收束。

愣怔良久,周亦澄闭了闭眼,清晰地听见了自己的心跳声。

没有人知道,就连她自己也未曾想到,在将来的一段冗长时光里,这句话会连同无数的无望酸楚,被她一次又一次地压进记忆深处。

换座位用了一节课的时间,待到桌椅都在王方的指挥之下摆放整齐,下课铃正好响起。

王方前脚刚走,教室里的气氛立刻重新活络起来。

周亦澄组里另外多了一男一女,男生叫梁景,女生叫余皓月。

毕竟做了两年同学,周亦澄对这两个人多多少少有些印象,但是都不熟,只知道梁景性格不错,就是上课的时候老爱插嘴,而余皓月成绩吊车尾,据说在校外有好几个混社会的"哥哥",不是个好惹的人。

梁景下课就离开座位去了别处晃悠,找不见人影。余皓月则从抽屉里找了面小镜子,对着镜子拨弄刘海。

过了一会儿,她放下镜子,撕了颗糖丢嘴里,伸手去戳裴折聿的背,含含糊糊开口:"欸,裴折聿,之前不是听说你和张雨欣关系挺好的吗?你这下转来一中,不得和人家分开了啊?"一副对这些事情极为熟悉的模样。

周亦澄离得近,余皓月毫不顾忌的大嗓门就在背后响起,她听得一清二楚。

周亦澄手上的笔突然停住,眼睫毛颤了颤,冒出了点说不清道不明的情绪。

而后,她像是什么也没发生过一般,默默将笔尖移到了下一题。

裴折聿侧过身坐,一只手搭在余皓月的课桌上,掀了掀眼皮:"张雨欣告诉你的?"

余皓月笑嘻嘻道:"是啊,我和她是小学同学。"

"这样啊,"裴折聿没什么特殊的反应,也跟着轻笑,语调凉薄,"谣言。"

"啊?"

余皓月一噎,半天才不可置信地瞪大眼:"假的?!"

裴折聿没应声,只漫不经心地抬了抬眉。

余皓月读懂他的意思,十分有眼力见儿地换了个话题:"那你现在……"

梁景的声音骤然打断剩下的半句问话——

"裴折聿,外面有人找你!"

裴折聿毫不惊讶地朝门外看了眼,扶着课桌站起来,撂下一句:"回来聊。"

他起身时,眼神扫过周亦澄的后脑勺,落在她手里的练习册上,像是随意地停了一下。

下一秒,他微微俯身,修剪得整齐的指甲边缘贴在某一道题的选项上,疑惑地扬声:"这儿也能错?"

声音在头顶震响,周亦澄如梦初醒,耳根微红,手忙脚乱地改掉那个选项。

那题确实一眼就能看出答案,可她刚才心不在焉,竟然连 B 都写成了 D。

没等她说谢谢，裴折聿已然走远。

周亦澄抬眼，望着少年背脊挺得笔直，双手揣兜，朝教室门外走去。

回来的梁景与裴折聿擦肩而过，用一种暧昧的眼神看他两秒，又回头看一眼门外，抬手拍了拍他的背。

裴折聿心情不错的样子，反手不轻不重地回揍梁景一下。

门外，少女素白的裙摆被风吹出好看的弧度，校服外套象征性披在外头，越发显得身形纤细漂亮。

整个高三能被特许这样穿的只有一个人，文科班老师的宠儿，陆舒颜。

陆舒颜手里抱着一个礼物盒，见裴折聿走过来，十分熟稔地仰头冲他笑起来。

梁景也注意着那边，一步三回头地坐回来，揪着余皓月便开始八卦：

"我怎么觉得陆舒颜和裴折聿有点儿情况呢？"

余皓月撇撇嘴："不知道。她一个文科班的下课大老远跑过来已经够奇怪的了，居然还是来送礼物的，而且裴折聿也不拒绝，看着还很熟的样子。"

"嗨！这不就说得通了吗？大佬为啥来一中，那个陆舒颜不是经常文科第一吗？也是学霸，啧啧，两个学霸顶峰相见，喜闻乐见。"

……

礼物盒换作裴折聿拿在手里，少年少女站在一块儿，女孩儿一直在说着什么，裴折聿自始至终舒展着眉眼，耐心听她讲，偶尔抬眸望望远处，懒懒散散透着几分痞气。

说不出的般配。

残余的雀跃消散殆尽，周亦澄心下微沉，敛眸藏住心底情绪。

不知道是从何而来的失落感丝丝缕缕地将整个思绪包裹住，周亦澄忽然对自己那些隐秘的想法感到几分羞耻。

也是。

像他这样的人，又怎么会缺女生的喜欢。

所以，她到底在胡思乱想什么。

晚风从窗缝灌进来一点，周亦澄侧过身想关窗，却刚刚好再一次从玻璃的倒影里看清门外姿态亲昵的男女，无声哽了一下。

直到上课铃响起，裴折聿才慢悠悠地回到位子上。

王方还没过来，余皓月憋了一整个课间，实在按捺不住好奇心了，小声唤裴折聿："欸，所以你现在是和陆舒颜关系很好吗？"

梁景在一旁帮腔："然后才转到一中来的是吧？"

"想什么呢？"裴折聿把礼物盒丢进抽屉，回头睨他们一眼，"她家和我家有点关系，我妈让她给我送点东西过来。"

两人齐刷刷点头，故意调侃："那就是父母有意帮忙？"

"够了啊。"裴折聿大大方方抬眼，跟敷衍一样开口说，"我只沉迷学习。"

余皓月显然不信，又嚼了颗糖，拖腔带调："是是是，您是学神嘛，和咱们这些凡夫俗子不一样。"

……

后面的对话仿若被模糊了一般，周亦澄听不大真切。

是这样啊。

捕捉到几个关键词，周亦澄轻轻呼出一口气，停顿片刻，连落笔都轻快了许多。

她也不知道自己怎么了。

明明裴折聿做什么都与她无关，偏偏她的心情像是乘着过山车，随着他的一举一动大起大落后，又再一次被高高抛起。

竟隐隐有了几分庆幸。

耳边三人的聊天声渐渐消失，不多时，一颗糖弹跳进视野里。

周亦澄的笔尖被挡了一下，停下来，疑惑地侧头。

裴折聿手里也捏着一颗糖，与她视线对上时，正好撕开包装："余皓月让我给你的，问你要不要？"

周亦澄不料分享这件事能轮到自己，有些意外地抿了抿唇，犹豫了两秒后，从包里摸出一颗巧克力，转过去递给余皓月："谢谢。"

余皓月下意识接过巧克力，明显也愣了愣，大约是没想到还会有谢礼。

她瞥了一眼手里的巧克力后，叫住周亦澄，又拿了颗糖出来，伸手，有些不好意思道："给你的那颗有点碎，这颗是完整的。"

周亦澄讷讷地"哦"了一声，接过的时候有些尴尬。

两人沉默了一会儿，各自别开视线。

周亦澄再转回头，便见裴折聿不知什么时候已经拿出了笔记本，低头认真看起来。

他散漫时是真散漫，专注时也是真专注，静下来时，眸中像是沉着一潭水，侧脸轮廓冷淡而锋利，额前黑发在眼上落下淡淡的阴影，一副生人勿近的模样。

只是手还搁桌面上，中性笔习惯性地在修长的指间轮流旋转，让人忍不住眼花缭乱。

无论是之前的手链还是眼前的中性笔，周亦澄都是第一次见到有人能玩得那么好看。

动作间，少年手背青筋因用力而微微凸起，在教室的白色灯光下，透着十足的冷感。

中性笔的笔尖转过一圈又一圈，像在她心尖擦过一遍又一遍，留下不可磨灭的痕迹。

晚自习结束已经是晚上十点。

十点半，周亦澄到家，开门时习惯性想说一句"我回来了"，却在望见眼前一片漆黑之后，面无表情地关门，摸黑回了卧室。

夜色静谧，晚风还带着热，窗外树叶窸窸窣窣，随风拍打在窗户上。

平添几分寂寥。

一旦静下来，原先抛在脑后的情绪便争先恐后地涌起，层层叠叠压得她喘不过气。

书桌上堆着今下午出门前没来得及整理的书本资料，周亦澄这会儿也没心情收拾，书包放好，简单洗漱了一番后，坐在床边，又开始发呆。

放在床头充电的手机响起，周亦澄被惊了一下，在看清来电人时，眼神暗了暗，接通。

电话那头，魏宇灵的声音传来，难掩疲态："澄澄，回家了吧？开学了感觉怎么样？"

周亦澄"嗯"了一声，乖乖的，绝口不提学校里发生了什么。

"还是那样，挺好的。"

"一个人在家，没有什么不习惯吧？"

"都还可以。"

那边魏宇灵松了一口气："那就好。高三了，你别因为家里这些事想太多，专心学习，妈妈相信你。"

周亦澄喉咙发干，无声地吞咽了一下，艰涩回："嗯。"

母女两人都不是话很多的性子，对话也就止步于此，魏宇灵又不放心地叮嘱了两句，便挂断了电话。

手机屏幕闪了两下，闪回锁屏界面。

QQ消息堆叠着弹上屏幕，来自班群。

所谓"班群"，是当初刚开学的时候余皓月建起来的一个没加老师的小群，气氛要比班主任建的那个活跃很多，但随着时间的流逝，平日已不常有人活跃。

也不知道为什么突然冒出那么多消息出来。

周亦澄疑惑地点开群，往上翻消息翻到头，指尖突然一停。

页面提示余皓月把一个人拉进了群。

余皓月：【快出来迎接裴学神！！！@全体成员】

就是这一个@让群炸了锅。

赵青延：【余姐牛！这么快就把人拉进来了！】

梁景：【那可不，咱们余姐可是出了名的社交达人！[狗头]】

梁景：【让我们一起用热烈的掌声欢迎裴折聿同学加入四班大家庭！】

……

接着便是一溜儿的"欢迎",有文字有表情,闹哄哄地刷着屏。

倒是裴折聿本人一直在群里没说话。

他的昵称很高冷的只有一个句号,头像也只是纯白中间有个黑色的圆圈,空间锁着,资料卡干干净净,什么也没有。

周亦澄看了好久,拇指一直悬在加好友的按键上,最终还是没有按下去,默默退出了页面。

她在班里和人关系都挺淡薄的,好友列表里只有几个因为各种事情加她的同学,她还没有主动去加过别人,怕会显得太过刻意。

重回群里的聊天页面,周亦澄盯着还在滚动的页面,踌躇两秒,将打好的"欢迎"发了出去。

点完发送,她习惯性把手指移到返回键,却在即将按下的时候,注意到了自己聊天气泡上面顶着的群昵称。

周明海。

三个字赫然入目,顷刻如刀刃般深深刺进神经。

周亦澄瞳孔一颤,浑身血液仿佛在这一刻凝固。

谁改的?

她已经很久没有发过言,浑然不知自己的群昵称被改成了这样。

像是被人突然揭开伤疤,暴露在所有人眼前,周亦澄呼吸骤然变得急促,脑袋也跟着发昏。

她用最快的速度将自己的消息撤回,而后点开群昵称的设置界面,改回了自己的名字。

提示"修改成功"的那一刻,她仍觉心有余悸,险些连手机都拿不稳。

班里人大约也都注意到了她的昵称,在撤回的那条消息之后,再也没有人继续跟队形,那道撤回的消息孤零零缀在队形末尾,显眼又尴尬。

群里就这么突然冷了下来,隔着一道屏幕都能感觉到气氛的僵滞。

直到几分钟后,余皓月冷不丁发了几个表情包,才终于把那条消息刷了上去。

周亦澄保持一个坐姿缓了许久,直到捏着手机的手指发疼发紧,而后咬咬牙,点开了群管理员列表里"程朗"这个名字。

不用猜也知道是谁,也就只有以他为首的那几个男生,最爱用人父母的名字给人取外号。

周亦澄:【是不是你干的?】

周亦澄:【你什么意思?】

程朗倒也不装傻,被她质问的语气激了一下,越发理直气壮起来:【怎么了?我上学期就给好多人改了,早就忘了这回事儿了。】

程朗:【明明是你自己没发现,又不是专门刺激你,你现在来怪我又是什么意思?】

周亦澄心里本就不好受,还得强制自己压着火:【可我从来没允许过你乱改。】

程朗:【开个玩笑而已,我又不能现在坐时光机回去告诉上学期的自己,你爹名字不能提吧?】

周亦澄盯着那句话半响,深吸一口气,没回他,直接将他拉黑。

以前程朗这样不分场合不看时宜的冒犯也不少，周亦澄一直当他没有恶意，便也从未追究，甚至之前因为坐得近，还总在尝试和他融洽相处。

这一次倒是看清楚了，对方就算没有恶意，也确确实实只想把她当一个笑柄。

烦躁与无力的感觉侵袭四肢百骸，周亦澄向后仰倒在床上，盯着白花花的天花板，被灯光晃得眼睛疼。

她闭上眼，感官陷在一片漆黑之中，却不可抑制地浮现出了裴折聿那双蕴着散漫笑意的眸。

浅色，眼尾微扬，睫毛很长，笑起来吊儿郎当。

像光。

班里对学习的热情也就勉强维持了一个晚自习，第二天早读结束，王方刚站起来，教室里便已经趴倒了一大片。

王方见状，有些不满地拿书脊敲了敲门板："这都高三了，怎么还懒成这样？"

三三两两的人被惊醒，勉强抬头。

梁景擦了黑板，甩着手从他旁边经过，无辜歪头："咱们要劳逸结合嘛，老师！"

"……净说些歪理！"

王方作势要揍梁景，梁景怪笑着从门口溜走。

王方后脚跨出教室门，刚抬起头的人又趴了下去，教室里除了偶尔有人来回走动的脚步声，再无别的动静。

周亦澄手撑在膝盖上，默默背书。

后背突然被人很轻地戳了一下。

余皓月的声音紧随其后:"一起去上厕所吗?"

周亦澄觉得自己和余皓月还没有熟到那种程度,但又不太懂得如何拒绝别人,于是轻轻"嗯"了一声。

她站起来时才意识到,出去的路被堵了个严实。

她要想出去的话,必须把裴折聿叫醒。

少年还在睡,半张脸朝着她,眼下的乌青明显到站着都能看清,弯曲的手肘越过两张课桌拼在一起的缝隙,压在她作业本的一角,骨节形状分明,肩膀的起伏轻微而平稳。

周亦澄不太敢打扰他,求助似的用眼神示意余皓月。

余皓月会意,把桌子向后移了一点。

周亦澄这才敢小心翼翼地把身子往外挪。

清晨的走廊人不多,从卫生间回来的路上,余皓月小声告诉周亦澄:"我已经把程朗的群管理员取消了,你不用担心他再改你名字。"

周亦澄脚步微顿,有些拘谨地点点头:"谢谢。"

"没事儿。"余皓月满不在乎地摆摆手,"我也是没发现才让他这么胡来,他们喊我都老喜欢用我爹的名字,鬼知道他们是从哪儿看来的……"

说到这儿,她想了想,又问周亦澄:"那你要当管理员吗?到时候要是程朗敢在群里说胡话,你禁言他就行。"

周亦澄招架不住她突然的热情,摇头婉拒:"我不怎么上QQ。"

余皓月也不勉强:"行。"

回到教室时，裴折聿已经睡醒坐了起来，半合着眼低头在抽屉底下摆弄着什么。

余皓月眼尖，看见了便冲过去，在他身侧停下，恶作剧似的跺了下脚："逮到，玩手机！"

裴折聿不紧不慢地抬了抬眼，把手机扔回抽屉，像是根本没听见她在说话："再说一遍？"

余皓月立刻做了一个嘘声的表情。

裴折聿无所谓地笑了声，拿笔帽敲敲桌面："给你发的资料记得接收，昨晚有几科老师把我叫过去，让我好好带带你，别拖班里后腿。"

瞥见慢吞吞跟在余皓月身后的周亦澄，他身体向前倾，把椅子也往前拉了一下，留出刚好能过一人的空间。

周亦澄垂眸，朝里挪动脚步的时候，手背随着摆动不可避免地从裴折聿的背上擦过。

感官在这一刻被无限放大，隔着薄薄一层布料，少年微弓的背脊触感嶙峋而清晰。

周亦澄像是被烫了一下，迅速收手，若无其事地坐回位子上。

耳边还响着余皓月活力的声音，同与她说话时那般客气的语调截然不同。

"不是吧？你要不然还是撤回吧，求求你了大哥，你也知道那些资料我根本看都不会看的——"

"所以我的任务就是监督你看。"裴折聿悠悠把话堵回去，气定神闲中带点恶劣，"老师下的命令，我可不能不从。"

余皓月眨眨眼,扯着他袖子作势就要打他:"你哪会是那么听话的人,裴折聿你绝对是故意的吧!"

裴折聿轻松地躲了一下,余皓月笑闹着不依不饶,就连课桌也被两人的动作带着晃了下。

周亦澄没吃早饭,忽觉有些头晕,于是从包里剥了颗巧克力,送进嘴里,醇厚的牛奶味融化在口腔里,后劲微苦。

她安安静静的,像是与旁边的情景自动分割成截然不同的两个世界。

少年少女本就该是那般面貌,友谊简单,百无顾忌,生动而热闹。

可那样的热闹,从来都不属于她。

## 第二章

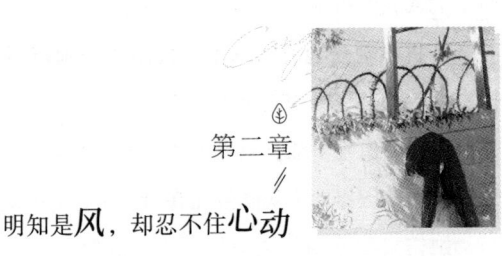

### 明知是**风**，却忍不住**心动**

开学不久，教室里挂上了记录高考倒计时的电子时钟，数字停留在三位数，一天一天地减少。

裴折聿没有换新环境的不适，很快便与班上人打成了一片。

不知道他到底做了什么，就连那几个常年横行霸道的刺儿头，现在见他也都得服服帖帖喊一声"裴哥"。

反倒是作为同桌的周亦澄，与他的交流少之又少，除了在必要的一些事上，两人的交集几乎为零。

明明坐在一块儿，却陌生得像是两道毫不相交的平行线。

高三补课的两周过去，时至九月，其他年级陆续返校，学校里变得热闹起来。

有早会的时候，老师通常不会来管早读，开学典礼那天早晨，班里照例昏睡一片。

裴折聿不知道为什么没来，下楼集合的铃声响起时，周亦澄仍见旁边的位子空空荡荡。

直到在操场整好了队，王方找不到人，正四处问话，不远处才有三个身影姗姗来迟。

"报告!"

裴折聿身上穿着篮球服,校服外套囫囵系在腰间,手里篮球象征性掂了一下,声音毫无愧疚之意。

王方皱眉:"干什么去了?"

裴折聿后头的两个男生对视一眼,齐齐去推裴折聿,让他发话。

裴折聿把篮球扔给他俩,摊手,同王方对视:"也就这个时候能抢到篮球场,王老师,体谅一下?"

王方严肃着脸盯了他几秒,最终在裴折聿毫无愧色的神情里败下阵来,叹了口气。

毕竟照成绩看,这人是捧在手心里的宝,打不得骂不得。

"校服套好站中间去,裤子藏严实点,别被检查的抓着。"

这就算赦免。

"是——"

裴折聿笑了声,一边把外套披上,一边往队伍里走。

这会儿刚巧到了唱校歌的环节,伴奏响起,周亦澄站在队伍中间,再听不见后面传来的动静。

她有些遗憾地收回注意力,正小声跟唱,忽然听见站在自己身边的男生"嘿"了一声,又惊叫出声——

"裴哥,你咋站这儿了?"

瞬间,周亦澄的心脏像是被攥了一下,嗓子猛地卡壳,从发声变成了单纯的对口型。

身后裴折聿的声音夹在震耳欲聋的伴奏里,悠闲中带点嚣张:"王方让我过来的。"

"你们真的是去打篮球了啊？"

"不然干什么？"

"也就你敢在方脑壳手底下这么放肆了，啧啧！"

……

少年旁若无人的对话入耳，周亦澄不着痕迹地调整了下稍显懒散的站姿，两只手紧紧贴在腿边，站得笔直，一动不动。

明知道，他根本不会注意到她。

散场时，班里的队伍从后排开始分成两列离开，周亦澄活动一下发僵的身体，借着队形加快脚步，跟在裴折聿身后。

她不敢靠他太近，始终与他保持一个不远不近的距离。

裴折聿比周围人都高出一截，混在拥挤的人流中，稍显突兀。

他校服外套拉链没拉上，松松散散地挂在身上，衬出肩背线条宽阔舒展，后颈黑发干净而利落。

太阳逐渐升起，尚且柔和的光芒照耀着，在他的发尾镀上一层很薄的光。

旁边的男生玩笑着去扯他衣服，裴折聿侧过身，抬手漫不经心去挡，眉眼轻抬间，嚣张飞扬得晃眼。

少年衣角翻飞，带起的微风拂过身前，惹得周亦澄走了下神，又若无其事地抬步跟上。

有那么一瞬间，她也好想伸出手去，碰一碰他的衣角。

开学典礼结束，裴折聿先去卫生间洗了把脸，回来的时候额前碎发湿漉漉垂着，眼睫上还挂着细碎的水珠。

坐下时,他侧过头问周亦澄:"有纸巾吗?"

周亦澄不敢看他,点点头,拿出一小包纸递给他。

想了想,她小声说:"不用还给我了,我这里还有。"

裴折聿有些诧异地看她一眼,而后扬唇接过,指尖与她的指尖挨得很近:"谢了。"

周亦澄"嗯"了一声松手,看着他抽出一张纸擦脸,把剩下的放回抽屉里。

她收回视线,很浅地弯了弯手指。

"我们高三的学生们——今年迎来了一个闪!闪!发光!的新生——我们都要向 pie 折聿同学——学习!"

梁景在后面变着声调模仿校长之前的发言,余皓月拍了他一下,笑得前仰后合:"梁景,你怎么模仿得那么像!"

"嗐,"梁景撑着下巴,吐槽两句,"所以他想让我们学习什么?学习裴哥逃开学典礼打篮球?半夜不睡觉修仙?"

说着,他话锋一转,往前凑了凑:"不过我还真的挺奇怪一个事儿,裴哥,像你这样的水平,真不准备走个竞赛或者别的什么?为什么要来我们这个小破学校啊?"

津市的教育水平本就相较全国而言算是落后,整个市内只有明达中学各种资源配备齐全,渠道信息也灵活通透,人人都说能去明达别去其他,这人偏偏从明达转回了这么个小破旮儿。

裴折聿闻言顿了一下,神色没变。

过了会儿,他像是不经意地偏头,嘴角仍挂着吊儿郎当的笑,嗓音却泛起些冷:"要不你猜猜?"

"……"

空气陡然凝固。

梁景再傻也能察觉到不对劲，默默收了声，坐了回去，过了几秒，轻咳一声："裴哥，我下次少说点儿。"

"嗯。"

裴折聿垂着眸，像是什么也没意识到，慵慵懒懒地勾了下手腕上的银链。

上课铃适时响起，刚刚好解救了即将陷入僵局的氛围。

这节是语文课，老师在讲台上中规中矩地讲，裴折聿在底下没有要听课的意思，又把银链绕在指尖，自顾自地来回把玩。

他另一只手半撑着下颌，模样看起来有几分消沉。

下午上课时，外面天色毫无征兆地开始变暗，到了晚上，大雨来势汹汹，气温骤降。

晚自习下课，周亦澄被王方叫到办公室去帮忙，耽搁了挺长时间，从办公室出来的时候，整个教学楼已经没什么人了。

走廊黑黢黢的，身后办公室的灯被走另一边回去的王方按熄，只剩下安全通道的指示灯在冒着绿光，反射在瓷砖表面，清冷中透着几分诡异。

外头雨还在下，"哗啦啦"地响，没有要减小的意思。

周亦澄加快脚步下到一楼，却冷不丁被站在教学楼出口的人影吓了一跳。

那人倚在墙边，指间的手机屏幕忽明忽暗地闪烁着，整个人被淡淡的水汽围绕，身上光点影影绰绰。

周亦澄站在最后一阶台阶上，远远望了一会儿。

借着那一点光线,她勉强看清了对方是谁,随后不可置信地开口:"……裴折聿同学?"

从外面照进来的路灯光线黄得发昏,被几乎能织成幕布的雨帘模糊。

少年闻声抬头,略显苍白的眉目被照亮,一双狭长的眼直直向她看来,裹挟着三分戾气,寒凉如冷雨。

这是周亦澄第一次见裴折聿这般陌生的模样,她眼中闪过几丝茫然,脚像是生了根一般站在原地,不知该进还是退。

裴折聿也认出她来,把手机摁灭,丢进裤兜里。

再抬眸,他已换了副似笑非笑的神情:"要回家了?"

近似废话的一个问句。

周亦澄知道他这是在转移话题,"嗯"了一声,迈动步子停在他身边,伸出手去探了探外面的雨势,掩饰住"怦怦"的心跳,假装随口问:"你呢?"

裴折聿言简意赅:"等会儿。"

"噢……"

周亦澄默了默,低头,趁着在包里摸索的时候,终于鼓起勇气:"你家住哪儿呀?"

裴折聿说:"不远,林墅。"

"是吗?"

隐秘的喜悦砸在心头,周亦澄不自觉地踮了踮脚,感觉自己声音有点儿抖:"好巧,我就在你隔壁那个小区,我带了伞……"

她抬眼时,骤然与裴折聿对视。

她本想加一句"一起吗?"的询问,临至嘴边又被硬生生吞了回去。

少年的眼神深邃沉静，周亦澄没来由地一阵心虚，莫名有种心思被他看穿了的感觉。

一阵风裹挟着小部分的雨珠扑面而来，她仓促地移开视线，欲盖弥彰地抖了抖伞。

两秒后，便听裴折聿轻笑一声："行。"

悬着的心猛地被放下。

周亦澄有点紧张地打开伞，却发现这伞因为好久没用，伞骨好像卡住了。

她皱着眉稍一用力，便听"咔"的一声。

伞是打开了，伞面一下塌掉了一半。

"……"

意外突生，周亦澄僵滞在原地，有些沮丧无措地又往外偷瞄一眼。

外面的雨没有要停下来的意思，甚至有种越下越大的趋势。

而她现在没了伞，又找不到人来接，就这样站在这里拖下去，好像也不是个办法——

"跑吗？"

裴折聿平稳的声音响起，突兀地打断她的思绪。

"……欸？"

周亦澄还没反应过来，便觉有什么东西兜头罩了过来，柔软地遮住她大半的视野。

是裴折聿的校服外套。

淡淡的洗衣液的香气萦绕鼻尖，周亦澄掀开挡住视线的那一角，发现少年已单薄地闯入雨中。

无惧无畏，潇洒而利落。

周亦澄怔忪片刻，心脏一下子狂跳起来，像是受到了什么驱使，不由自主地也跟着踏了出去。

耳边风声呼啸，雨滴闷闷地打在头顶的外套上，薄薄的布料很快便吸满了水，没什么用地贴着肩背。

追上裴折聿的时候，周亦澄浑身已然湿了个透彻。

裴折聿似有意在等她，感觉到身侧有身影靠近，偏过头毫不意外地冲着她笑，笑声自胸腔溢出，带点喘，融在雨里："跑得还挺快。"

周亦澄也在奔跑中气喘吁吁，努力仰起头看他时，视线倏然被雨水模糊了几分。

细数过去将近十八年循规蹈矩的人生，这大概能算得上是她做过的最疯狂的一件事。

无端地，许久的郁结像是在这一刻都被暂时抛在脑后。

——至少在这场雨里，她可以什么都不用想，什么都不必担心。

大雨倾盆，将天地冲刷过一遍又一遍，涣散的视线前尽是跳跃着的光线，将世界描绘成绚烂的模样。

周亦澄空出一只手抹了把脸，在看清裴折聿被雨淋得有几分狼狈的模样后，毫无征兆地也跟着笑出了声音。

雨就这么一直下吧。

她忍不住想。


阳台留了一盏灯。

风声雨声都被隔绝在窗外，雨棚被打得"啪啦啪啦"直响，灯罩里似是进了蚊虫，影子横冲直撞。

两件湿漉漉的校服外套并排挂在脏衣篓边缘，周亦澄刚洗好澡出来，蹲在洗衣机旁回魏宇灵的消息。

例行的"在干什么""吃了什么""学习有没有困难"，周亦澄垂着眼，跟没感情的机器人一样挨个回复过去。

退出聊天界面，周亦澄目光投向脏衣篓边缘的两件外套，起身时顺便拿在了手上。

两件衣服很好分辨，裴折聿比她高出很多，校服也比她的长许多。

她打开洗衣机时，犹豫了一下，只把自己的那件校服外套丢进了洗衣机，接着拿了个盆单独洗起裴折聿的校服外套。

很奇怪，明明手底下是冰冷的自来水，她却仿佛触到了自少年身上传递出的未散尽的余温。

雨中奔跑时的兴奋劲头慢慢退却，冷静下来后，今晚的细节一帧帧如电影镜头般涌入心间。

所有刻意的小心思都在记忆中被一遍遍地放大，历历在目。

周亦澄低着头，忽然有些羞耻地发出一声极轻的呜咽，耳尖红红。

——她怎么可以那么大胆。

周亦澄把衣服都挂在外面，擦了擦手，拿着手机往房间走。

心底一个念头慢慢浮起，她小心地打开QQ，点进裴折聿的资料卡。

脚步声在黑暗的走廊里拖沓着响起，手机屏幕上正显示着好友申请的输入框,照亮少女略显紧张的一张脸。

【你的外套还在我这里,我过几天洗好晾干后还你?】

打完这行字,周亦澄轻吐一口气,同刚才斟酌字句的模样不同,飞快地发了过去。

看似冠冕堂皇的理由,也不知道是谁在自欺欺人。

好友申请很快被通过。

对面发来一个:【好。】

没想过裴折聿还会回复,周亦澄浑身僵硬了一阵,而后进房间门,慢慢缩在被窝里,顺手关掉了灯。

欣喜与无措的情绪交织在一起,她想了好一会儿,才干巴巴地发了个"谢谢"出去。

在聊天界面停留几分钟,这回裴折聿再没动静。

周亦澄肩膀渐渐放松下来,熄了屏,侧躺着,半张脸陷进枕头里,呼吸的热气绕在脸上,整个人慢慢换了个姿势蜷起。

她自己都不知道自己到底在奢望什么。

就在这时,手机屏幕忽然再一次亮起。

周亦澄呼吸停顿了一下,摸索着重新解锁。

裴折聿:【都是朋友,没什么大不了。】

裴折聿:【下次别勉强,小心感冒。】

两行字映入眼中,屏幕乍然亮起的光有些晃眼。

周亦澄第一眼看清的,是"朋友"这个词。

朋友。

她骤然清醒了几分,抿抿唇,回他:【知道啦。】

盯着对面发来的那两行字许久,周亦澄默默按下截屏的按键,而后切到空间。

　　她的空间仅自己可见,里面堆积着从初中开始的各种不能被人所知的心事,足足一万多条。

　　有些东西不找一个地方说出来,会憋坏的。

　　她指尖在键盘上游移片刻,点击"发表",图片是单独截出来的那两句话。

　　配文很简单——

　　【可是,我不想只做朋友。】

　　那是不受控制的喜欢。


　　高三的国庆只有三天假期,回来便是一场考试,而一周后的运动会自然也与周亦澄他们无缘。

　　楼下操场《运动会进行曲》放得热火朝天,教室外不时有低年级的同学走来走去,教室里众人上课时还好,一到下课便吵闹起来,纷纷哀号学校没人性。

　　"我搞不懂,既然没我们高三啥事儿,凭什么还得让我们开幕式大清早出去举着旗子走一圈?当遛狗呢?"

　　梁景趴在桌子上,双手抱头,有点牙疼地嘀咕。

　　"裴哥又去浪了……真羡慕他啥都可以不管……余皓月你干什么呢?"

　　余皓月推了一把梁景凑过来的脑袋,无语道:"梁景,你能不能消停一点,没看见我在好好学习呢?"

　　"嚯,你居然在学习,真没想到啊——"梁景新奇出声,"让我看看?"

"走开,王方刚把我拎去办公室训了一顿,非得让我今天把数学都改完,连选择填空题都让我写上思路过程,真是的……"

余皓月用红笔在草稿纸上乱画一通,有点崩溃:"啊啊啊,裴哥怎么还不回来,我要疯了!"

正说着,桌上忽然落了一张纸。

余皓月声音停了一下,在看清上面写满的每一道选择填空题的思路过程后,诧异地看了周亦澄一眼。

周亦澄垂着眼,轻轻说:"有什么不懂的跟我说。"

"啊……好。"余皓月后知后觉地把草稿纸移到自己面前,"谢谢啊。"

周亦澄很浅地笑了一下,转回去。

快上课的时候,裴折聿终于回了教室,手里拿着一个花花绿绿的塑料条。

他刚一坐下,闲不住的梁景率先问:"你拿了个啥?"

裴折聿睨他一眼,顺手从笔袋里拿了透明胶:"王方让我贴在前面。"

"哦——"梁景秒懂,看向教室前面的那张目标榜,"那你肯定写的清大咯?"

这是上学期的时候王方让每个同学定的目标大学,做成了一张大表贴在教室前面用以激励。

裴折聿没应声,挑了下眉,过去直接把那一条贴在了最上面。

"我就知道。"余皓月小声吐槽,"底下那么大的空他不贴,非得挤着那点犄角旮旯。"

裴折聿走回来时,她又默默收声。

直到上课，周亦澄才慢慢抬头，假借看老师，目光不止一次地向那张表上瞥。

裴折聿的名字与她的一上一下，挨得很近。

名字后面跟着的目标那一栏不是清大，而是泽大。

——和她的一样。

瞬间，周亦澄睫毛颤了颤，脚尖无意识地踮起。

身旁少年对此毫无察觉，身子斜侧着，仍是那副懒懒散散的坐姿。

周亦澄手肘向里收了收，欲盖弥彰地在草稿纸上写下了"泽大"两个字，又很快涂黑，这样反反复复好几次。

即便只是一个没有定数的巧合。

但只要两个名字并排在一起，就好像，他们真的可以去到同一个未来。

运动会的晚自习没什么安排，对面高一高二的各个班级灯光暗下，纷纷放起了电影。

恰好今天班里守晚自习的是最好说话的老师，在班里同学团结一致的软磨硬泡之下，最终答应下来放一部电影。

班里的电脑上只有上次不知道哪个老师拷上来的《十月围城》，大家不敢打草惊蛇，最终还是将就放的这部。

这个年纪的中学生对这类电影大多没什么兴趣，一开始众人兴致缺缺，只当不用学习的消遣看下去，却不料随着剧情逐渐引人入胜，班里的杂音也慢慢消失不见。

小人物的悲壮常常引人共鸣，周亦澄一直不太敢看这类牺牲的情节，到后期的时候实在有点受不了，打算找个机会出去透透气。

下课铃在这时刚好响起，身后的余皓月拍拍她的肩："厕所？"

正合了周亦澄的意。

走廊比教室里亮了不少，外面经过的隔壁几个班的人忍不住往里瞧，余皓月牵着她衣角拨开前面的人群，长呼一口气。

周亦澄加快两步跟上她，注意到她眼眶红红的，像是哭过，轻声问："怎么了？"

余皓月吸了吸鼻子，低声呜呜咽咽："……好虐啊。"

周亦澄愣了一下，点点头。

没想到真的有人能比她的反应还激烈。

余皓月的情绪来得快去得也快，上完厕所往回走的时候，已经从哭唧唧重回精神奕奕的样子了。

她眼眶还带着红，大概也是意识到了之前自己哭成那样有点儿丢脸，试图跟周亦澄转移话题。

"今天真的多亏你帮我。欸，你知道今天我把卷子交到办公室的时候，看到里面发生了什么吗？"

周亦澄疑惑："嗯？"

余皓月弯弯眼睛："隔壁班有个人在挨训，据说是跟朋友讨论着学校池子里的鱼能不能吃，一个冲动真就拎了一条出来，结果撞上校长了。"

周亦澄想了想："那还挺厉害……"

余皓月摆摆手："然后隔壁班那谁正训着呢，老邓头在一边睡得安安稳稳，估计是我交卷子的时候把他吵醒了，你猜他开口说了啥？"

"说了什么？"

"他问那条鱼味道怎么样——你不知道当时人家那边脸都黑了——"余皓月说到这儿自顾自"咯咯"笑起来，余光注意到走廊那边的人，登时转过去冲那边招手，揶揄道，"欸，杜帅你又到这儿来偷偷玩手机？别带坏咱班好学生啊！"

几个男生迎面走过来，那个叫杜帅的男生把手里的手机递给裴折聿，哈哈大笑："我们这儿哪里有好学生了？"

一旁的裴折聿随手接过手机，揣进兜里。

裴折聿虽笑着，周身却自带一种淡淡的疏离，抬眸时不经意与周亦澄目光相触。

周亦澄假装什么也没看到，视线移向杜帅。

"喊，"余皓月在一旁撇嘴，"要是被我们班班主任发现，你就完了。"

"这哪里会被发现？"杜帅得意地扬眉，"我可是挑准了这层没老师的时候过来的——"

"杜帅！我就知道你又趁我不在干坏事！"

话音未落，走廊尽头就爆发出一道浑厚的嗓音，王方提着教鞭，咬牙切齿地快步从人群中走来。

杜帅回头看了一眼，低声骂了声，弓着身子就准备往前跑路。

混乱的脚步声自周亦澄身侧响过，几个人毫不停顿地掠过她跑向另一侧楼梯。

垂在身侧的手心突然被塞了个东西进来，周亦澄鬼使神差地收紧手指接住。

当触碰到方方正正的棱角时,她惊了一下。

是手机。

周亦澄错愕抬头,裴折聿正从她身边不紧不慢地错身而过。

敞开的校服外套刚好将这隐秘的动作遮挡住,少年带点薄茧的指尖划过掌心,有些微痒,挠得人心弦也跟着颤动。

王方很快从这边追过去,周亦澄一慌,反应过来的时候,手机已经被她藏在了身后。

走廊上仍是一片嘻嘻哈哈的混乱,她扭头,正好见着裴折聿双手抬起,悠然地任由王方检查口袋的模样。

感觉到她的目光,他掀了掀眼皮,无声地冲她笑了下。

"……"

余皓月见周亦澄驻足,扯扯她手臂:"走了走了,别在这儿凑热闹了。"

周亦澄"嗯"了声,转过头来,悄悄把手机塞回了外套兜里。

——这样他们算不算是共犯?

可她自愿成为共犯。


裴折聿回来时,在课桌下朝周亦澄勾了勾手。

周亦澄当即会意,把手机递还给他,忍不住小声说:"以后少拿来……"

说到这里,她又觉得自己好像没有什么立场去多管闲事,声音戛然而止。

裴折聿没听清,朝她那边歪过身子,眯了眯眼,尾音微扬:

"嗯？"

教室里还暗着，电子屏显示的亮光忽明忽暗，照得眼前少年的瞳眸中碎光闪烁，幽深无波。

周亦澄条件反射地向后躲了一下，身体先于理智，原本伸过去的手也缩了回去。

"……没。"

太近了。

裴折聿的手还停在半空，见她刻意躲开的动作，眸光疑惑地微微闪动一下，好像注意到了什么："吓到你了？"

黑暗掩盖了耳尖升腾而起的热意，周亦澄意识到自己的失态，忙把手机重新递过去，硬着头皮掩饰："不是，刚才发了会儿呆。"

裴折聿不再多问，稍一颔首便抬头继续看电影。

身后余皓月因为剧情又"呜呜"地哭起来，梁景不知道她为什么哭，但是余皓月死活不说，他只能在一边假装自言自语地东拉西扯。

周亦澄向后靠了点，和裴折聿的肩膀错开，手心贴在桌面上。

有点凉。

——和他的手一样。

一念忽起，周亦澄神经紧绷，僵硬地扯了扯嘴角，暗笑自己又在想什么。

她侧身打开窗，夜风"呼呼"地灌入衣领，寒意料峭。

人总是这样贪得无厌，就算只是意外之喜，也仍会想要再近一步，再多一点。

步入十月后,一场秋雨一场凉,原本闷热的暑气随着接连而来的秋雨消散殆尽。

这也意味着期中考越来越近。

不知是不是因为这学期的分组互助起到了作用,上次月考班里整体成绩进步明显,这让王方感到十分满意,决定在期中考后依然沿用这个方式换座。

据说这次期中考的题用的是明达的卷子,难度比学校里出的要难上不少,周亦澄意识到这段时间的自己有所倦怠,推了一切琐事,一闷头就是半个月。

她并不是什么很聪明的学生,想要保持在那样的水平,没有别的方法,只有比别人更勤奋一点。

有的时候,她不得不承认人与人之间是有差距的,特别是在见证了这么长一段时间里裴折聿常常神龙见首不见尾,不是在外头打篮球就是在逃课去打篮球的路上,成绩却稳稳超出别人一大截这件事之后。

在这期间,余皓月被王方单独叫过去打过好几回鸡血,突然福至心灵一般真把王方那些"好好利用周围的同学资源"之类的话听了进去,考前一周天天拿着题过来找裴折聿,裴折聿不在的时候,索性直接占了他的位子问周亦澄。

也因着这个契机,余皓月自然而然地把周亦澄拉入了自己朋友的行列,两人越发熟稔起来。

梁景见不得组里只有他一条咸鱼,只要裴折聿还待在教室,他也逮着机会就去找人问题。

期中考的第一科语文早上九点开考,考前上自习,照例不限制学生在教室里走动。

梁景于是直接搬了个凳子坐裴折聿身边，开始问他数学题。

"你多少有点病，"裴折聿把语文资料丢一边儿，笑骂，"待会儿考语文你现在问我数学，不怕脑子转不过来？"

"语文有什么好复习的啊，师父，"梁景这几天把这称呼越喊越顺溜，在裴折聿看傻子的眼神下指着题，"这不是怕复习不完吗？再说了，你看你旁边不也在看数学？"

裴折聿扭头，便见周亦澄桌上摊着一沓试卷，手抵在下巴上，安安静静地盯着最后一道题看，眉头轻皱。

裴折聿扫一眼题，手抵在她一旁看似随意记录下的几个数字上，提醒道："这里。"

眼前卷面上突然出现一只骨节分明的手，周亦澄思路被打断一瞬，眨眨眼，"欸"了一声。

"什么什么，"梁景见着两人的动静，也站起来俯身越过课桌，想凑热闹，"你们在讲哪道？"

裴折聿轻轻松松把他摁回去，睨他一眼："你看什么？"

"我有什么不能看的嘛……"梁景不服气地小声嘀咕，"我好歹算是你的关门弟子，你舍得这么对我啊？"

教室的门敞开着，这边窗户也开着，今天气温又降了不少，冷风从外面穿堂而过，刚好吹在周亦澄的身上。

周亦澄今天衣服穿得薄，猝不及防被冷得肩膀抖了一下，默默转身关窗。

也不知道为什么早上总有人要把她这边的这扇窗户打开。

裴折聿眼神从她身上掠过，没有停留，勾着唇不怎么正经地笑了声,拍拍梁景的肩:"那行,关门弟子现在去关个教室门?"

说者也许只是随意撂下的一句话,落在周亦澄耳中,却宛如破开寒风,直直砸在了心里最柔软的地方。

无意间的温柔,才最为致命。

梁景听话地过去关了门,冷风不再从前门灌进来,过不了多久,整个教室都暖和了许多。

周亦澄撩起眼皮看向身侧,发现裴折聿没看她,又慢慢转回视线,把写着"谢谢"的小字条攥成小团,丢进抽屉角落里,微不可察地叹了口气。

算了。

万一是自作多情呢。

下课铃响起,离开始考试还有半个小时,班里逐渐躁动起来,纷纷开始收拾东西。

周亦澄正把抽屉里剩下不多的资料清空,身后余皓月一只手伸到她和裴折聿中间来,拖腔带调:"裴哥快跟我握一下,我要蹭蹭你的学霸之气,保佑我这回不再吊车尾——"

裴折聿挑眉,任由余皓月握着他的手神神道道好一通才放开。

一旁的梁景见状,再一次凑热闹:"我也要!裴哥保佑我考进前面当组长!"

余皓月拿手肘砸了他一下:"你这么不满意我啊?我刚想说要是可以的话希望到时候咱们四个再一个组呢。"

梁景委屈:"你觉得周亦澄还能和裴哥一组啊?"

余皓月反应过来,低声:"啊,还真是。"

想了想,她又摆手:"哎,没事,反正到时候肯定也一前一后两组,到时候哪个考得好哪个选我俩,前前后后也是挨着,没事儿。"

周亦澄一直在旁边放了个耳朵默默听着,闻言眼神微暗。

她差点忘了,这次考完又要换座位。

这次是机缘巧合,下次按着王方的分组方式,如果没有意外,她是不可能再和裴折聿坐在一起的。

这是最后一次。

想到这里,周亦澄心口微微发闷,忽然有了点遗憾和舍不得的情绪。

这点情绪刚涌起,她便感觉到肩膀被人轻轻拍了一下。

周亦澄大脑迟钝了半秒,正想抬头,裴折聿的手却再一次映入了眼帘。

他动作里用了些力,手腕上的青筋清晰可见,凸起的骨骼形状冷感分明。

少年的声音在同一时间自身侧上方传来,淡淡的笑里带点哑——

"他们都握了,你要不要也握一下?"

少年这个动作自然而潇洒,看不出任何别的意味。

却让周亦澄瞬间如坐针毡,脑中仿佛有烟花炸开。

她抿抿唇,努力不让裴折聿看出自己的异样,矜持地抬手与他交握。

裴折聿的手比周亦澄的大很多,手指收束干燥的温度便几乎将她的整只手包裹住。

两只手的掌心相触,体温互相交换一秒,一触即离,不带任何暧昧的感觉,却不知平白搅乱了谁的一怀心绪。

各自收手,裴折聿淡淡扬唇:"就不祝你好运了,祝你正常发挥?"

周亦澄扯了扯嘴角,勉强地弯起一个笑:"嗯,借你吉言。"

只有她能感觉到,自己的声线是一种近乎失态的颤抖。

她把手心藏进袖口,起身离开教室的时候,到置身人群的阴影中,仍是那副安安静静的模样,心绪缓缓归于沉寂后,嘴角一点点绷直,下撇。

——大概只有她自己,才会把朋友之间如此寻常的互动,看得那样珍重,那样欢欣。

明知他是抓不住的风,不可能在她身边停留,对她的好也不过是习惯使然,对谁都可以,对谁都一样。

可是,他印在她手心的掌纹那样温热而清楚,让她如何不去记住。

裴折聿的吉言到头来没有起到作用。

不知是早上吹了风还是在别的地方着凉了,周亦澄下午考数学的时候便开始感觉喉咙连带着脑袋疼得难受,第二天便发起了烧,虽然硬撑着还是考完了整场,但因为身体太过难受,没能撑到做完。

最终成绩出来的时候,刚好掉出了前十二。

王方怕她心态不好,在把成绩贴在教室前面的公告栏时,特地当着全班的面半是解释地夸奖了她一番。

周亦澄倒是没什么懊悔的情绪,毕竟这件事并不可控,知道不是自己本身的原因就会轻松很多。

而且——

她偏头看一眼裴折聿,莫名有一种松了口气的感觉。

甚至隐约带了些别样的期待。


班会课结束,王方一走,余皓月就跑上去看了成绩,回来激动得又蹦又跳:"考前拜裴哥真的有用欸!我都没想到我这次居然往前进了五名!五名!"

裴折聿也不嫌她大惊小怪,笑着睨她,颇为捧场:"那确实不错。"

梁景这会儿也去看了眼成绩,慢悠悠地走回位子上,手撑着桌面,故作高深地点头:"嗯,确实还行吧。"

余皓月见不得他这副装相的模样,学他的样子端着语气:"那你呢?想必梁景同学考得特别好吧?"

梁景贱兮兮地歪嘴一笑:"也还好,不过刚好第十二名而已。"

余皓月瞪眼,"哇"了一声:"你这也太夸张了吧?"

"嗯哼。"梁景臭屁道,"那不是刚好最后几道碰到的都是原题嘛,我还专门去找裴哥问清楚了,运气好。"

"行吧。"余皓月不想看他嘚瑟,从抽屉里扯了两张纸,递给周亦澄一张,"咱俩别理他,孤立他。"

周亦澄看惯了他俩吵吵,抿唇一笑,和余皓月一起出去了。

回教室的时候,周亦澄远远地从教室外面看到,有个女生不知道什么时候坐在了自己的位子上,笑盈盈地和裴折聿说话。

余皓月在一边惊讶出声:"欸,婷婷怎么坐你那儿了?"

那个女生叫江婷婷,和余皓月关系很好,平时她们几个小姐妹常和裴折聿那一圈的男生玩在一起。

"不知道。"

周亦澄摇头,那边的女生发现她回来了,低头匆匆跟裴折聿又说了两句,而后才心满意足地离开。

周亦澄眼皮一跳,有种不太好的预感,装作若无其事地回去坐下。

位子上还带着刚才的人留下的体温,她莫名有点不舒服。

余皓月闲不下来,好奇地问裴折聿:"刚才婷婷过来跟你说什么呢,回去的时候那么高兴?"

裴折聿也不遮掩:"她问我到时候选人能不能选她。"

大约是上次选座的时候王方也发现了问题,这次直接改为了组长选人,不再是组员自由选择。

闻言,周亦澄表情微变,又很快调整过来。

"啊,那行啊,婷婷跟我关系好……呃……"余皓月说到这里才想起来问,"她是不是……"

"二十三名。"梁景在一边补充。

余皓月沉默了一下,顾及着周亦澄,谨慎地问:"那你答应了没?"

"我说到时候看情况,"裴折聿无所谓地笑着,"反正我一直都随便。"

"好吧。"余皓月没再多问,抱臂,"我也都行,不过你必须选我知道不？咱还想多抱一抱学霸大腿呢！"

裴折聿背对着她比了个"OK"的手势。

"欸，到时候我就和婷婷坐一块儿，你别嫌我们吵啊？"

裴折聿懒懒地笑："行，到时候我要真选她，一定让她坐我旁边，让你俩找不着机会说话。"

"裴折聿，你怎么那么幼稚？！"

……

这边的愉快交流，周亦澄在一边听着，却忽然像被一股低落的情绪包裹住，一颗心止不住地重重往下坠落。

她这才反应过来，自己的潜意识里一直认为，只要有她的那道选项，裴折聿一定会选择她。

就像选座这件事，只要她不和裴折聿同一个梯队，她就默认了自己还会和他一个组。

可是她好像忘了，自己也不过是裴折聿心里一个普普通通的朋友罢了，他在班里玩得那么开，朋友又那么多，她只能算是一个并不怎么有交流的同桌，有什么自信觉得，他一定会再选她。

像她这样的人，又怎么有立场认为，自己是特别的那一个？


晚自习的时候，老师简单讲了讲题，裴折聿从笔袋里拿出红笔，突然顿了一下，把笔放到周亦澄眼前："忘还你了。"

周亦澄心里沉甸甸的压着事，轻轻"嗯"了声，没去动那支笔。

感觉到周亦澄的情绪不对，裴折聿在她面前打了个响指，问："怎么了？"

"没。"周亦澄摇头，声音有点哑。

她不知道自己该和裴折聿说什么，难不成就这么跟人说"我想继续和你做同桌"？

其实周亦澄心里很清楚，如果自己真的这样和裴折聿说，以这人对一切都不在乎的性子，答应下来并不是什么难事。

但她甚至不知道自己在害怕什么。

性子使然，她天生内敛，仅仅是像别人那样大胆表达自己想要什么，都需要莫大的勇气。

怪不了别人，她只能怪自己。

毕竟归根到底，这一切只是自己的一厢情愿。

所以，就算再难过的情绪，也只能说给自己听。


第二天早晨早自习下课，王方拿着成绩排名把前十二个人叫了出去，教室里众人趴着昏睡，走廊上不时传来细碎的说话声音。

借着去教室后面接水的工夫，周亦澄侧头往门外看了一眼。

十几个人簇拥着王方，都盯着名单上的名字，兴致缺缺地听人叨叨规则。

裴折聿在包围圈之外，靠着窗台面对她，下颌微低，百无聊赖。

梁景最先注意到周亦澄，对她笑了笑，周亦澄也回以一笑，垂下眼帘时，睨到裴折聿似乎有要抬头的样子。

饮水机里的水发出"咕噜"一声，她迅速盖好杯盖，逃避一般匆忙往回走。

周亦澄坐回位子上重新打开杯盖，杯盖边缘沾染的水湿湿地滴在手上，她随手往裤腿抹了一下，捧着杯子发呆。

杯里的水偏烫，水汽随着呼吸氤氲在眼睫上，将视线模糊，呼吸间带着微不可察的酸楚。

好像。

又只剩自己一个人了。

外面的效率挺快,还没上课,十几个人便回了教室。

梁景先一步跨过来,没等坐下,余皓月就拽住了他的衣服:"怎么样?你选了谁?"

"嗨,别说了。"梁景摆摆手,叹道,"按排名顺序来的,我就第二轮倒着选的时候好好选了个王志希,其他时候都是捡剩下的。"

余皓月幸灾乐祸:"你但凡少做一道题都不至于这样。"

说完,她回头看了一眼,见裴折聿站在江婷婷桌边,正在跟人说着什么,顺口问了句:"那裴哥呢?除了江婷婷和我,还捡了个谁?"

梁景"呃"了一声,欲言又止了一会儿,才说:"他没选江婷婷……"

余皓月怔了下:"啊?"

梁景清了清嗓子,解释道:"跟你说,我也以为他要选江婷婷来着,然后我一开始就打算好了到时候选周亦澄来着……

"结果没想到,这人一上去就直接把周亦澄要走了!"

自己的名字猝不及防入人耳,周亦澄肩膀动了下,原本想转过去的身子滞在半道,复杂的心情再一次如浪潮般升腾翻涌,疑惑中裹挟了细细密密的惊喜。

当她慢慢将属于自己的感官拾起时,裴折聿坐了回来。

"梁景跟你说了没?"他压着声音先问。

周亦澄把水杯放在桌下,点了点头。

梁景见他回来,直截了当地抱怨:"裴哥你不厚道,不是都答应了江婷婷吗?怎么还跟我抢人呢?"

"我什么时候答应了?"裴折聿应得不紧不慢,"江婷婷怕我不选她,还跟别人也商量过,我不如选点儿我自己想选的。"

"噢——"梁景还是苦着脸,"所以你们这回是真把我给孤立了啊?不然裴哥咱们商量一下,把周亦澄换给我吧?你们一个组哪需要两个大佬来拉平均分啊……"

裴折聿听他嘀嘀咕咕那么多,只平静地反问了一句:"这么想抢我的人?"

梁景顷刻间噤声。

裴折聿满意地扬了下眉峰,转过去面对周亦澄时,已换上一副玩世不恭的笑:"以后该换你叫我组长了。"

周亦澄再一次很轻地点头,只带动垂落的发帘颤动两下,刚好将怪异泛热的脸颊遮住。

——我、的、人。

她默默在心里咬字,热意从颊侧蔓延上了耳朵。

那样无心的小细节,落在她耳中,却平白被添上了几分暧昧。

像是被划定进了他的世界,她真的属于他。

周亦澄拿起杯子,又喝了一口水润嗓。

心底的悸动,再一次变得欢欣而鲜活。

只是周亦澄没有想到,组里除了余皓月和她,最后一个人居然是程朗。

在程朗坐到她身后的位子时，她眉头皱了皱，开学之后的那些不好的回忆再一次浮现在心头。

程朗的脸色也不好，把东西和书本都乱糟糟地堆在桌面上，跟裴折聿搭话："裴哥，以后我的作业就靠你了啊！"

他说着还不忘阴阳怪气地补充一句："希望有些人别那么小气，又跟老师告状。"

周亦澄不理会他，自顾自做着事。

只在上课后过了一会儿，她才踌躇着小声问裴折聿："你和程朗关系很好吗？"

"一般，"裴折聿能看出两个人的不对付，说道，"选第二个组员的时候是倒着来的，我最后一个，只能选他。"

周亦澄松了一口气。

余皓月也知道程朗和周亦澄的矛盾，本身她就不太喜欢程朗，于是尽量避免交流，组里气氛一时间诡异得像是隔离出来了一片孤岛。

处在孤岛中心的程朗自知惹不起另外两个人，想要主动和他们开点玩笑套近乎，可最终都只收获了平平的反应，于是把这一切都归咎到周亦澄身上，越发看不惯周亦澄。

下课的时候，程朗在自己的位子上待不下去，索性去找赵青延。周亦澄感觉到后面那人不安分的动静消失之后，神经慢慢放松下来。

程朗和赵青延在教室前面打闹了一番，便倚在成绩表旁边不知道在干什么，一边看一边发出莫名其妙的笑声。

周亦澄直觉,和自己有关。

她抿抿唇,深吸一口气,有点无奈。

果然,过了一会儿,程朗便坐了回来,朝她"欸"了一声:"周亦澄,你平时不是经常考第一吗?这次怎么连梁景都没考过啊?总不会是故意的吧?"

他说着,用一种充满暗示的眼神看了看裴折聿:"不然你们运气可真好,这种分座位的方式,居然还能当同桌。"

周亦澄不知道程朗又在打什么算盘,皱了皱眉,尽量用平和的语气解释:"我考试那两天发烧了。"

她本就没刻意抱着那样的心思,所以回答得也平淡坦然,不给程朗抓着她的反应做文章的机会。

却不想,程朗听了后,像是正中下怀一般不怀好意地拖着声音:"哦——怪不得——"

他猥琐地笑起来,低俗玩笑暗含的恶意满满:"原来你是发骚了啊?"

周亦澄被这样毫不掩饰的恶意打了个措手不及,顿时僵在原地,第一反应是红着脸辩解:"不是……"

程朗却完全没有要听她说什么的意思,冲她挤眉弄眼一阵,径自哈哈大笑起来。

仿佛赢得了什么胜利,自认为自己幽默无比。

周亦澄明白了他是故意为之,越解释只会让他越得意,索性不再说话,假装什么也没听见。

只是那笑声刺耳到无法忽视,引得无力感与屈辱感仍一层层积压在心间。

"砰！"

一边的余皓月重重地拍了下桌子，忍不住呵斥："程朗，你都快成年了怎么还幼稚得跟个小学生一样啊？消停点儿行不行？"

程朗没想到余皓月会那么不留情面地直接呵斥，笑容凝固了两秒，不甘示弱："我说余皓月，你最近是不是管得有点多了啊？我就跟人开个玩笑，至于吗？"

"这是玩笑？"

程朗装傻："不然呢？反正别人跟我这么说，我就不会生气。"

余皓月一噎，正想再说什么，忽听到前方一道冷淡的声音响起——

"你跟我开这种玩笑试试？"

很淡的一句话，听不出什么情绪，却让空气迅速冷却下来。

裴折聿转身，耷拉着眼皮对着程朗："要试试吗？"

程朗像是被扼住喉咙一般瞬间哑然，讪讪地咳嗽一声，脸色难看："行，你们就看我不爽呗。"

裴折聿不置可否。

程朗消停了之后，余皓月才轻哼一声，从抽屉里拿了盒蓝莓出来，挨个问："吃不吃？"

周亦澄知道她是想活跃气氛，心下一暖，默默从盒子里拿了两颗，又被人往手心里多送了一小把。

余皓月冲她笑，她也弯了弯嘴角跟着哑笑。

这还是第一次有人那么强势地维护她。

这件事就此算是揭了过去，程朗不敢在裴折聿面前造次，但还是会经常阴阳怪气说几句，不痛不痒的情况下，周亦澄就当没听见。

晚间,周亦澄多在教室里留了一下,等到把试卷都整理好,才收拾东西回去。

这个时候临近寝室熄灯,校园里除了和她一样留在教室学习的高三生,见不到其他人的踪影。

晚风有点凉,周亦澄拢紧了校服外套,快步往回走,脚下不时会踩到一些枯叶,脆脆地发出点细微响动。

她走常回去的那道门时会经过篮球场,那边似乎还有人在打球,断断续续地有声响传过来。

这么晚了还有人打球?

周亦澄忍不住往那边看了一眼,灯光昏暗,只能看见一个瘦高的人影。

好像裴折聿也很喜欢打篮球。

她收回视线,漫无目的地想了一阵。

"砰!砰!"

那边篮球撞击地面的声音猛然重了几分,一下比一下更狠地砸在地上,像是泄愤。

几下之后,又安静下来。

周亦澄还没走上几步,一个圆圆的黑影便骨碌碌地停在了脚边。

"咦?"

她捡起篮球,听得脚步声由远及近,扭头,正好撞见少年逆着光朝这边走来的身影。

"不用过来,稍等一下。"

裴折聿没有要继续打球的意思,一只手拿起旁边地上的书包,另一只手的臂弯里挂着校服外套,朝她走来。

周亦澄一愣,听话地抱着篮球,在原地等着。

裴折聿停在她身边,从她手里接过篮球:"谢谢。"

没了校服外套,少年里面套着的还是短袖,和裹得严严实实的周亦澄站在一起,对比明显。

周亦澄"嗯"了一声,看着他露在寒风中的两只胳膊,莫名在心里打了个寒战:"你不打了吗?"

裴折聿像是感觉不到冷,自若地朝校门的方向走:"不打了,要关灯了。"

"噢……"

周亦澄跟在他身边,轻轻地问:"你经常在这里打篮球吗?"

"几乎每天晚上都会吧。"裴折聿回道。

"这样啊。"

周亦澄点点头。

也难怪明明两个人回家是同一条路,可这半个学期她几乎没有在回家路上见到过他。

这还是两人第二次一起走这条路。

裴折聿腿长,走几步便从原来的并肩变成了稍微靠前一点。周亦澄有些吃力地跟上他,他注意到了,脚步不着痕迹地放慢了点。

周亦澄走得有点儿喘,说不出话来,努力和他保持着不远不近的距离。

旁边的路灯洒下橘黄色的光,断断续续地照在两人身上,投射在地面上的影子由长变短再慢慢拉长，少年的侧颜被明暗刻出锋利而分明的交界。

天色已晚，一条大路上除却风声，便只剩下两道全然不重合的脚步声，融在静谧的夜色中，微小而杂乱。

一如她紊乱的心跳，只有晚风能听到。

后来的很长一段时间里，周亦澄都会在晚自习下课后，多在教室里留上一会儿。

经过那条无人的回家路时，她总会下意识地慢下脚步，远远地听一会儿那边传来的篮球声。

就算没有勇气靠近。

但在无人的角落里，那是属于她的独家秘密。

周五的小测不会因为刚考完期中考便缺席，王方早已习惯众人听了这些通知之后的怨声载道，笑呵呵地补刀："这才上半学期，下半学期可有你们好受的。"

"啊——"

众人抱怨归抱怨，在王方眼皮子底下倒也不敢造次，纷纷把桌子上的东西收拾好，抽屉朝前转过去。

由于只是一个理综的小测，桌子只需要简单分开一点，原本上这堂课的老师负责在前面监考，相对平时大考宽松得不是一点半点。

考试进行到后半段，周亦澄余光瞥见有什么东西从自己身边划过，落在了地上。

她做完一道题，不着痕迹地偏头去看，发现是一个小纸团，就落在她的脚边。

感觉到身后传来的灼灼视线,周亦澄只看了一眼便不再理会,继续专心做题。

背上突然被笔帽戳了一下。

程朗压着声音:"欸,给裴折聿一下。"

周亦澄听懂了,但不为所动。

他们坐得那么靠近讲台,程朗就算把声音压得再低,在安静的环境里,也足以引起老师的注意。

周亦澄性子本就乖,怕被老师注意到,任后面人一直喊她,她也低着头,假装没听见。

程朗还在后面催促她,戳她后背的力道大了不少:"又不是给你,你顺便递过去一下的事——"

老师有意无意朝这边看过来,周亦澄皱皱眉,顶着老师的目光,悄悄把椅子向前挪了一下。

随着时间的流逝,考试快要结束,程朗不满地暗骂一句,重新撕了一张草稿纸,团成团朝裴折聿丢过去。

却不想老师直接站了起来,字条一沾裴折聿的桌面,便被老师拿了过去并打开:"写一下答案,第7、第14……程朗,你这实在有点大胆了啊?"

班里人抬了一下头,又纷纷低下头继续做题,只从几个方向传来几道暗暗的笑声。

"我观察你挺久了,一开始想让周亦澄帮忙,人家周亦澄不理你,你就又把算盘打到裴折聿身上去了是吧?"老师不悦道,"我看人家周亦澄一直在拒绝你,你脸皮怎么就那么厚呢?"

程朗尴尬地挠着头笑："是，是，老师说得对。"

"让你坐得离两个尖子生那么近，好好利用资源不是这么利用的……"老师没收了字条，随意数落了两句便离开了。

因为是小测，到最后也没给程朗什么惩罚，过去就过去了。

考试结束，老师一离开，程朗原本嬉皮笑脸的表情一沉，脸色变得铁青。

"周亦澄，你故意的是不是？"他兴师问罪，"你当时就捡起来朝旁边扔一下的事儿，就这么一个小测谁都知道老师根本不会拿人怎么样，至于吗？"

周亦澄平白被骂，忍不住跟他理论："对啊，你也知道这是小测，老师不会怎么样，那为什么非抄不可？"

程朗被噎了一下，找不到反驳的理由，嗫嚅半天，撂下一句："你又在发什么骚！"

周亦澄深吸一口气，知道他是故意刺她，压抑住自己的怒意："有这个时间不如现在把做不出来的那几道题弄懂。"

"他那不是几道题不会做，"余皓月在一边帮腔，"我看到了，他一半都空着呢！"

余皓月这段时间也忍够了程朗，睨他一眼，学他平时的语气阴阳怪气地说："所以啊程朗，你少买点答案，高考可没有答案让你买！"

程朗脸上一阵青一阵白："你什么意思？"

余皓月无辜眨眼："开玩笑呗，你不也经常开玩笑？"

程朗一下子站起来，带得桌子椅子"咚咚"直响。

见人离开，余皓月松了一口气："真是无语死了。"

周亦澄也轻轻舒气。

但见着程朗的模样,她总觉得这事儿还没完。

下午第一节课是体育课。

自从步入高三,体育课的安排便从一周两节减为了一周一节,众人珍惜这难得放松的一节课,王方也不愿让大家一直闷在教室学习,定下来体育课除非特殊情况不能回教室的规定。

余皓月和她的小姐妹们去打羽毛球,周亦澄一个人绕着操场转圈圈,经过篮球场的时候偶尔故作无意地往那边看一眼,又很快收回视线。

下课回教室的途中,周亦澄陪余皓月去了一趟厕所,结果前脚刚踏进教室门,她突然就感觉到了气氛的不对劲。

有几个人围在她桌子前面,见她朝这边走过来,便飞快地跑开。

那群人都和程朗玩得挺好,特别是在看见赵青延心虚愧疚却又憋不住笑的眼神时,周亦澄心头紧了紧。

她远远便能瞧见桌上贴了什么字条一样的东西,不由得加快脚步,朝那里走近。

当看清桌上的情况时,她不由得瞳孔骤缩。

桌面上贴了好几条被撕得长长的纸胶带,花纹中间依稀可以看见几个用中性笔歪歪扭扭写上的大字——

老妖婆发骚

纸胶带是她最喜欢的那一卷,从抽屉里被翻出来,这会儿只剩了一小半,随便搁在桌角,断面乱七八糟地折在一起。

那几个字像是有着无比夸张的冲击力,毫无防备地狰狞着撞入眸中。

那几个字就这么光明正大地搁在桌面，来来往往的人谁都能看见，刺眼得要命。

周亦澄瞬间如坠冰窖，脸色有些发白，站在桌前，连抬手去清理的力气都没有。

余皓月见状，箭步上前，直接将那几条胶带撕得干干净净。

这几乎一眼就能看出来是谁干的"好事"，她脸色狠狠沉下来，扬声就喊："程朗！你又想干什么？！"

程朗偏就理直气壮地指指黑板上"赵青延傻缺"几个字："你看不清楚吗？玩呢！"

余皓月咬牙，正想上去继续理论，便被周亦澄拦住了。

"没事。"周亦澄说完，便坐回了座位上，把胶带卷塞回了抽屉里。

抽屉有被翻过的痕迹，周亦澄垂着眼，慢慢收拾。

她都明白的，程朗本就不会善罢甘休，加之余皓月和裴折聿他不敢惹，他只会拿自己出气。

这种小打小闹总能被归咎于"玩笑"，毕竟没能造成实质伤害，跟谁说好像都不会得到一个重视的处理，老师最多口头警告，余皓月能做的也只能是吵一架，再往深了就是咄咄逼人不占理了。

刚才那几个狰狞的字仍烙在脑中，周亦澄拿出剪刀，把被撕得难看的胶带切面重新剪整齐，盯着剪刀锋利的刀刃，突然有一种想往自己手上划的冲动。

她好像总是那么笨，笨得不讨人喜欢。

所以才又把事情弄成了这样。

好丢脸。

呼吸变得滞重,眼眶酸得难受,周亦澄想哭,又不想在大庭广众之下那么狼狈,绷着嘴角低头假装看书。

余皓月不知道怎么安慰她,只能安抚地拍了拍她的背:"他不在教室了,我晚点找人教训他一顿,必须让他给你道歉。"

周亦澄没反应。

过了一会儿,身边椅子被拖动一下,裴折聿带点汗味的气息飘过来一点。

感觉到两人诡异的安静,裴折聿把手里的水瓶放下,问:"怎么了?"

余皓月耸耸肩,把刚才那几张胶带递给他:"你自己看,程朗干的好事。"

周亦澄在这个时候从旁伸出一只手,瓮声瓮气地小声道:"别看……"

她潜意识里不愿意让裴折聿看到那些形容自己的不堪的词。

裴折聿却先她一步把胶带展开,看清了上面的字。

过了会儿,他眯了眯眼,重新团成团,手腕一动,小纸团便精准地被丢进了垃圾桶。

除此之外,他好像没有特别的反应,甚至连生气都感受不到。

余皓月眼睁睁看着他淡淡做完这些,而后拿起水瓶起身,不由得惊讶:"你都不生气的吗?"

裴折聿没说话,走到饮水机前先给自己接了半瓶水。

余皓月说了声"好吧",而后撇撇嘴,正欲收回视线,便见裴折聿一只手捏着水杯,往教室外跨出两步。

下一秒,他便干脆利落地拎着程朗的后衣领,把程朗拽进了教室里。

裴折聿动作看似随意,用的力道却不容人挣扎。程朗吃痛地大叫一声,还未骂出声,便被一把摁在了墙面上。

众人安静一秒,都把目光投了过来。

裴折聿低着头,居高临下地看着程朗,眼睛笼了阴影,嘴角微勾,似笑非笑的。

他虽在笑,手下力气却一点儿没轻,嗓音慵懒随意中透着几分森冷——

"谁让你动她的?"

……


裴折聿是在下午最后一节课下课时回来的。

这时正逢班里人纷纷从教室里离开,只有门口修长瘦削的身影拨开人群逆着往里走。

裴折聿脸色有些冷,从他身边经过的人都忌惮于此,不敢主动开口问发生了什么,只有几个男生擦身而过的时候下意识地拍了拍他的肩。

教室后面还没收拾好,少年踏着满地狼藉沉默地走回位子上,一言不发。

裴折聿坐下的时候,周亦澄仰头去看他。

少年下巴有一处乌青,中间横着一道没有划破的红印,触目惊心。

周亦澄瞳孔微颤,慌乱地想从书包里翻出创可贴:"是程朗打的吗?"

"不是,"裴折聿否认,脸色似乎缓过来几分,看着她的动作,带点玩世不恭的意味嘲讽勾唇,"程朗还伤不到我,是我爸。"

已经到把家长叫过来的程度了吗?

周亦澄轻"嘶"一声,撕开创可贴的动作暂停一秒,眨了眨本就酸涩的双眸。

少年语气云淡风轻,微微侧头,却使得下巴上的伤口更醒目了几分。

她这才注意到除了那一道伤口,他的半侧脸颊还带着很淡很淡的没有来得及消退的红。

淡淡的颓靡中带点儿苍白的意味。

伤成这样,可想而知当时是怎样的情况。

——一切都是因为她。

一个念头骤然从周亦澄心底升起。

如果不是为了帮她教训程朗,这些伤本不会出现在他脸上。

而这件事与她有关,她却无能为力。

周亦澄忽地有点沮丧,视线却在这时不偏不倚地撞进了身边人深邃的褐眸中。

裴折聿饶有兴致地凝视她一会儿,发现了点儿细节,眼尾微微扬起,用半是浪荡的语气笑道:"你之前是哭了多久,眼圈竟然红成这样?"

就像他自己身上什么也没发生过一样。

不经意的温柔直直戳进心底,周亦澄愣怔地与他对视许久后,睫羽轻轻颤了颤,心里慢慢被酸意填满。

感觉眼泪又要不受控制,她别过脸躲了一下,却又被人捏着后颈强迫扳正了脸。

裴折聿少有逼迫她的时候,这会儿却不由分说地钳制着她转头,定定与她目光相对,眼下的阴影像是近在咫尺,下一秒就能把她吞噬。

少年淡淡的气息铺天盖地压下,带着点与生俱来的强势,周亦澄脑中一白,刹那间失去了思考的能力。

裴折聿垂眼,靠近了点,淡声问:"这是在嫌弃我?"

周亦澄不知道该说什么,嗫嚅两下,眼里沁了星星点点的水花,越积越多,手里攥着的创可贴也被无意识地揉皱。

裴折聿忽然无可奈何地微阖了下眼,淡笑了声后低头,随后手伸过来,从她指间抽走创可贴。

与此同时,她手里被塞了两张纸巾。

"开个玩笑。"

周亦澄听见裴折聿轻叹一声,冷淡微哑的声音里藏着几分认输的感觉。

"怎么这么爱哭。"

周亦澄肩膀耸动了两下,铺开纸巾往双眼蒙去。

双眼被遮住前,她忍不住用余光又偷看了旁边的少年一眼。

裴折聿单手撑着下颌仍在观察她,另一只手无比轻巧地撕开创可贴包装,用指腹在伤处抚平。

他黑发还未完全整理好,身子慵慵懒懒半靠着课桌,从外面透进来的光线轻微变换,跳跃在他凌乱的发间。

恍惚间,像是神明。

程朗回来的时候已经上晚自习了,老师有事还没来,他黑沉着一张脸回教室,眼角嘴角都还挂着青黑,颧骨肿起,比裴折聿更惨了些。

周亦澄条件反射地缩了缩身子,害怕对方会干点别的出来。

但程朗的注意力好像不在她身上,他大摇大摆地站在位子前面,嘲讽地看一眼裴折聿:"真没想到您老这么热心肠。"

裴折聿跟没听到似的,就连转笔的速度都没慢下来一点。

程朗冷嗤一声,刻意咬重了语气:"一个又装又作,一个神经病假装热心,坐一块儿还真是绝配。"

听他拐弯抹角地连着自己一起骂了进去,周亦澄脖颈不自然地僵了一下。

裴折聿头也不抬,手背到身后比了个嚣张的手势。

"……"

程朗哽了一下,却又忌惮着他不敢再动手,只能将火气强咽下,搬着桌子和另一个人换了个位子。

他走时有一种故意发泄的感觉,动作间丁零当啷地磕碰着响个不停,生怕别人没注意到他在生气,还不忘在换好位子后,扬声再刺裴折聿一句,声音荡得整个教室都听得见——

"哦,差点忘了,方脑壳让我回来给你带个话,检讨他明早就要在办公桌上看到。"

原本因为程朗的离开松了一口气的周亦澄心还没完全放下,又被攥紧。

她猛地看向裴折聿:"你要写检讨?"

裴折聿点了一下头:"放学慢慢写,两千字而已,抄倒是好抄。"

说着,他往抽屉里摸了摸,忽而眉头微拧,不妙地"啧"了声:"手机没带。"

周亦澄不知这会儿从哪儿来的胆子,往纸上写了一行字推过去。

"我帮你写吧?这件事起因在我。"

裴折聿很快扫了眼,看向她的表情有些好笑:"王方还不至于分不出我们两个的字迹。"

周亦澄沉默了一下,小声道:"那我帮你想,你只管写?"

裴折聿略一沉思,头疼道:"也行。"

晚上十点半。

晚自习十点结束,放学后半小时,教室里打扫卫生的人都已经走了个干净。

教室里的灯没关,最前排的两人并排坐着。

裴折聿嘴里咬着笔帽,神色散漫,手下不停。

周亦澄双手规规矩矩把书包抱好,偶尔沉思一下,等到裴折聿上一句快写完,便念出下一句,然后又停在那里等待。

对面楼的灯光渐次暗下去,原本楼下还不时响起两声打闹的动静,慢慢地都消停了下来。

周亦澄想起之前打扫卫生的同学离开前叮嘱她关窗的话,先把窗户关好。

没有了风的流动,室内的温度都升上去了点。

一时间，教室里静谧得只剩下笔尖在纸张上擦过的沙沙声，和周亦澄偶尔响起的提醒声。

周亦澄说话的时候会悄悄观察裴折聿的字。

他的字就和第一次在黑板上写下的那个名字一样，苍劲肆意，又干净大气。

果然和她的完全不一样。

她有一搭没一搭地想。

过了会儿。

本子又翻过去一页，即将收尾。

裴折聿停下笔，问："下一句怎么写？"

他嘴里还咬着笔帽，说话时姿态有点儿放浪的痞，笔尖顿在纸上："正常来说，是不是该写'我深刻意识到了我的错误'？"

周亦澄眼神微敛，而后摇头："……不用写这个。"

"嗯？"裴折聿有点儿意外，"怎么？"

周亦澄认真地说："你没有错。"

裴折聿回头再读了遍检讨，有些荒唐地笑了："你不会还想让我写我只是不该插手别人的恩怨吧？"

"……"

被戳穿心思，周亦澄不说话了。

裴折聿跟着自己的思路随便写了两句，懒洋洋道："还没见过把什么事都往自己身上揽的。"

"……因为你本来可以不用受这样的惩罚的。"

周亦澄再一次小声开口。

只要当时他假装没注意到，这件事就这么过去了。

裴折聿听她突然蹦出来这句话，愣了一下，失笑道："别想那么多，我还不至于护不住你。"

说完，他没等周亦澄做出什么回应，在刚才写下的那句话末尾添上了个句号，而后将桌子向前一推，径自站起来："王方应该也不会一个字一个字地数，差不多了。"

周亦澄没再吭声，抱着书包也站起来，艰难地往外挪。

走廊的灯已经灭掉，教室灯一关，四周便在霎时进入漆黑的环境。

从光亮的环境一下进入黑暗。周亦澄没来得及适应过来，不断地眨眼，手摸着墙慢吞吞地往外走。

她书包还没背上，这会儿一只手托着，有点吃力。

黑暗里，她突然感觉到自己的书包好像被另一股力向前拉了拉。

"没带手机，没法照明。"裴折聿的声音隔着黑暗，响在前方，"跟着我。"

冷静的声音骤然给了周亦澄安全感，她换作双手抱着书包，一只手趁机往底下摸索。

左边书包带子长出来的那一节没有垂下去，而是朝前延伸，另一端响着裴折聿的脚步声，是他拉住了她书包带的那端，牵引着她往前走。

一步又一步，平稳而安静。

眼睛逐渐适应黑暗，周亦澄慢慢能看清走在前面的人的轮廓。

她张张嘴，最终没说话，任由他牵着那一头，而她的一只手停在带子的另一头，随着走动轻轻传递着晃动。

那么近。

周亦澄的手指贪恋地收紧一点，粗糙的触感浅浅磨着掌心。

有些话只能在心里说。

她好想告诉裴折丰，让他不要对她那么好，不然她真的会沉沦在那样的情感中，不知所措。

甚至，会控制不住地幻想着，会不会有朝一日妄念成真，她这个暗淡的人，也能触碰到如此耀眼的神明。

十二月步入下旬，周亦澄在某天忽然意识到，魏宇灵好像已经很久没有给她打过电话了。

大概是因为工作太忙。

说实话，其实周亦澄并没有很喜欢打电话，她从来不善交流，和人讲话一开始总会有一段无所适从的时期，总让她感到尴尬。

但是时间一长，许久没有接到魏宇灵的电话，母女两个平时只在微信上聊天，她又老觉得缺了点什么。

于是，她主动给魏宇灵打了一通电话过去。

那边的提示音响了好几声，魏宇灵才终于接通电话，声音疲惫里夹着些惊讶："澄澄？"

周亦澄听出那样的状态，"嗯"了一声，有些担忧："妈，你那边是不是很忙？"

隐约的键盘声响了一阵，魏宇灵才回："啊，妈妈这边是有些忙，有什么事吗？"

"也没有，就是……"周亦澄抿抿唇，硬生生把心里突然冒出的"想你"两个字咽下去，"这个月月假刚好是圣诞节，你要回来吗？"

魏宇灵"呃"了一声，似在犹豫："这个啊……"

"不然，我过来找你？"周亦澄又补充。

"……不用了，妈妈忙，到时候就算你过来了，我也顾不上你。"魏宇灵轻叹一口气，语气放柔，"等元旦放假我再回来，也就过几天的事，可以吗？"

周亦澄明知对方看不到，仍乖巧地点了点头，有些遗憾地"嗯"了一声。

虽然知道家里发生那样的事情过后，想要每一个节日都有家人的陪伴本就不是件容易的事，可有时候还是隐隐会觉得孤独。

圣诞节前，外面街道上各种各样的商家都推出了圣诞相关的活动，各色装扮将街道处处填满圣诞的气息，周亦澄在网上挑了个小礼物，寄到了魏宇灵的公司去。

津市一年只下几天雪，电视上多地天气预报都在报道着下雪的动态，而这边反其道而行，难得有了个出太阳的日子。

津市一中的高年级周末通常是周六下午放，月假则会考虑到住得远一些的同学，提前到周五上午，正好是二十四号。

整个上午，周亦澄都听着余皓月和她的各种姐妹团聊着圣诞节去哪里玩、晚上哪些网店的活动要靠抢一系列的事儿，心里想着魏宇灵今天应该会收到礼物。

果然，当天下午，她便收到了魏宇灵在工位上拍来的照片。

除此之外，还有一条语音消息——

"你去物业看看，那边有没有收到我们的东西。"

周亦澄"欸"了一声，以为是魏宇灵买的什么东西到了。

——说不定是给她的。

有了这个认知,她收拾好便飞快出了门,脚步轻巧地朝物业走去,心里带着几分雀跃。

却在发现只是一个薄薄的信封后,她愣了一下。

寄件人甚至不是魏宇灵。

是周明海,她的父亲。

魏宇灵又发消息来问周亦澄收到了没,她拍了张照当作回应。

里面有两张纸,一张是写给魏宇灵的信,一张是写给她的。

——从某种意义上来讲,也确实是送给她的东西。

周亦澄心情沉下来了些,没仔细看那张给魏宇灵的,又给她拍了张照片发过去,而后展开自己的那一封。

信上文字密密麻麻占了一整页,不算工整,看起来很多,实际大部分都是翻来覆去的那些诸如和妈妈好好相处,要听话要乖巧要好好学习一类的话,周明海自身文化水平也算不上很高,写不出别的来。

周亦澄整个人陷在沙发里,用不怎么规矩的姿势半躺着一个字一个字读完,而后将信纸折回去放在身边,慢吞吞地坐起来。

不是什么煽情的东西,甚至算得上无聊,却莫名让她心里有点发堵,各种各样的复杂心情糅杂在一块儿,说不上是孤独还是心疼还是埋怨。

本就算不上好的心情一跌再跌,明明身处偌大的客厅,周亦澄却仍觉得窒息。

她深吸一口气,决定出门走走。

十二月的天冷得人刚出门就不可避免地一阵寒战，周亦澄就算已经把自己裹得跟粽子不相上下，仍不敢逆着风走。

沿途两边的树已经被吹得光秃秃了，出小区的这段路几乎没什么人来往，周亦澄心里压着事，又想到今天是平安夜，索性出了小区，沿着外面江边的路散步。

再往前走有一道跨江大桥，桥那边是前两年新建好的一座商场，周亦澄临到那边的时候，天色已经慢慢地黑了下来。

商场内外皆一派浓浓的圣诞味，靠近商场的门口矗立着一大颗圣诞树，上面挂着各式各样的装饰彩条，霓虹灯闪烁通明，处处都是红黄绿三色交替。

情侣们牵着手在人群中穿梭，偶尔有卖玫瑰花的学生将人拦住，试图推销自己手上价格是平时的好几倍的高价玫瑰，偏偏许多人乐于购买。周亦澄看着看着，心里居然也萌生了点以后可以过来试着卖花的念头。

经过一家店门口的时候，工作人员热情地递给她一个纸盒装的苹果，周亦澄不爱吃苹果，糊里糊涂拿了之后，便提在手上，漫无目的地在商场里游荡。

经过电玩城前，她被里面喧哗的声音吸引，好奇地往里看了一眼，视线还没有接触到那边喧闹的源头，便被角落娃娃机前的一对男女吸引了注意力。

两个人周亦澄都熟得不能再熟，男生是裴折聿，女生则是余皓月姐妹团里的一个。

女生低着头，哭得肩膀一耸一耸的，断断续续说着什么。

裴折聿与她的情绪并不相通，神色懒散，一个字一个字落得扎人："抱歉啊，我真不知道，不然我也不会和你那么亲近。"

女生被噎了一下，反而止住了哭泣。

她没抬头，借着这个动作，头顶几乎抵在了少年的胸前。裴折聿没有要动的意思，垂眸，无奈道："我真把你当朋友。"

女生含糊地问："以后还是吗？"

裴折聿勾唇，眼底毫无波澜："当然。"

"那可以抱一下你吗？"

"行。"裴折聿毫不矫情，干脆利落地伸手从女孩儿的腰侧穿过，弯下腰将人笼住后，顿了一下，挑着眉调笑，"以后别再为我这样的垃圾哭了啊。"

浪荡而温柔的语调，透出一股子败类的感觉。

像是早已习惯了这样对待女孩子，明明一举一动都是游刃有余的亲昵，却偏偏藏着极端的残忍凉薄。

女生浑身僵硬了一下，而后推开人匆匆跑开。

猝不及防见此情景，周亦澄大脑一蒙，双脚宛如生根了一般，站在原地许久没动，女生经过她身边的时候没注意到她，碰了她一下，她才迅速回神，刚想顺势逃开，便见不远处的少年注意到了她，已然迈步冲她走来。

也就五六步的距离，周亦澄收了假装什么也没看见从而逃跑的心思，一时间不知道该做什么反应。

裴折聿停在她身前，神态自若，唇边还残留着刚才的笑意，懒懒散散道："好巧。"

"啊，嗯。"周亦澄匆忙顺着他的话来，视线在自己身上来回扫动了一会儿,慌乱间,将手里的苹果盒子递了过去,掩饰自己过速的心跳,"给你。"

裴折聿下意识地接过盒子,当看清里面是什么后,不可思议地看她一眼,倏而低低笑得肩膀发颤:"送我的礼物?"

周亦澄面色登时绯红一片,收也收不回来,索性将错就错地点头。

直到走出商场,脱离暖气,被外面"呼呼"的冷风吹了一阵,脸上的热意才终于消退。

这会儿她正坐在商场外的花坛边,旁边裴折聿手里捏着苹果,一口一口不紧不慢地啃着,不时发出点清脆的咀嚼声。

她喝了一口手里的热咖啡,是裴折聿的"回礼"。

外面的冷意很快就将原本有些烫的咖啡吹得只余温热,喝起来挺舒服。

身旁少年将苹果核扔进垃圾桶,问她:"你一个人过来玩?"

周亦澄点点头,想起刚才目睹的景象,松了一口气的同时,又莫名有点儿难受,明知故问:"你呢?刚才是怎么了?"

裴折聿抬了抬下巴:"她约我出来吃晚饭,后面就是你看到的那样。"

说着,他感到有些麻烦地轻揉太阳穴:"本来以为大家都是朋友,没想到会有这事儿。"

"啊……"

周亦澄点头,观察了一阵他不怎么好看的表情,别开脸,没再继续接话,只将心里的一个念头慢慢地藏了起来。

眼前短暂地模糊一阵,周围的灯光在人来人往之中不断变换,她置身其中,好像隐约窥见了自己的将来。

又或许不是。

毕竟,她甚至没有勇气跨出那一步。

两人挨着坐在一起,裴折聿低头刷了会儿手机,周亦澄双手倾斜着捧咖啡,漫上来的微苦气息抵着唇边,沉默许久。

"回去了吗?"裴折聿打破沉寂,侧头问,"我没什么事儿要干了。"

周亦澄点点头,活动一下被冷风吹得僵硬的手指,站起来。

经过商场门口的大圣诞树时,望见周围的人,裴折聿又来了兴趣,挤进人群里看热闹。

那边桌子上有可供自由取用的彩色纸条,可以在上面写好愿望后,系在树上。

裴折聿拿了两张,递给周亦澄一张:"许个愿?"

周亦澄点点头,从旁边拿了支笔,弯着腰写字。

写的时候,她笔在中途轻轻顿了一下,转眸偷偷观察他两秒。

少年侧脸轮廓干净清晰,一双眼微敛,专注地望向手里的彩条,薄唇抿起一个极为好看的形状,脖颈上银色项链向下摇摇晃晃地垂着,互相碰撞发出轻微的声响。

她收回视线,在最后缀上了自己的名字。

裴折聿比她写得快,结束后伸头过来想看一眼:"写的什么?"

周亦澄肩膀一滞,半遮住上面的字迹,随口胡诌:"金榜题名什么的……"

很正常的回答,裴折聿没有怀疑什么,点点头:"我猜也是。"

周亦澄放松了点,把彩条折叠好,捏着上方细细的挂线,问:

"你呢？"

裴折聿仰着头挂彩条，喉结随着他的动作轻滚一下，轻松道："Freedom."

自由。

周亦澄不吭声了，默默离他稍远一点，在看不见的地方挂上了自己的彩条。

她挂的时候，原本折好的彩条被风吹起一边，不断开开合合。

上面黑色的字迹也跟着时隐时现——

下一年，也要在他身边。

以朋友的方式也好，以别的身份也罢，在明年的那个岔路口，她不想就此与他分开。

即使他不会知道。

穿过繁杂的霓虹灯，回到小区门口的时候，周亦澄和裴折聿说再见。

裴折聿的小区和这边隔了条马路，他简单扬了扬手，便转身穿过斑马线。

这边的环境与那边商场的相比，简单了许多，只有超市的灯光和昏暗的路灯交相辉映，斜斜地将少年的身形照亮。

周亦澄在话落后没有直接转身进小区，而是站在原地，望了会儿裴折聿平直挺拔的背影。

也许是夜间的情感格外泛滥的原因，她突然有一种想要叫住他的冲动，给他再说一句"圣诞快乐"。

可她张了张嘴，犹豫许久也没能出声。

脚尖抵着斑马线外沿，周亦澄刚想迈出去借着去对面小超市的借口追上他，便眼睁睁看着眼前的红绿灯由绿变红，少年逐渐隐入小区门内的黑暗之中。

正好错过。

算了。

冷风刮在脸上，周亦澄轻叹口气，用只有自己能听见的声音说："圣诞快乐。"

错过了就错过了吧。

……

后来她才知道，错过的不是红绿灯，而是那些她数不清的踌躇与胆怯。

是她始终不敢迈出的那一步。

# 第三章

## 曾有恋慕，不见天光

今年的新年来得早，元旦一过，班里的备考气氛逐渐紧张起来。

期末考安排在除夕夜前一天结束。

考完试，王方让大家先回教室，又叮嘱了许多有的没的。

假期在前，底下没几个人认真听他讲什么，闹哄哄的一片，王方倒也理解，没有像之前一样三番五次地维持纪律，快速简略地将最后一点讲完之后，大手一挥便放了行。

周亦澄出门就在校门口看见了等候她的魏宇灵，对方也是一副风尘仆仆的模样，一看就是刚放假赶回来。

接到人，魏宇灵问："书包重不重？"

周亦澄摇摇头："就几张卷子和资料。"

放在学校里的其他东西她前两天就已经陆陆续续地带回了家。

魏宇灵点点头："那就先去买点东西？"

周亦澄没什么意见，乖巧地应声。

再怎么说，这年还是要过。

商场还残留一点上次圣诞节留下的装饰，和其他新挂上去的灯笼和中国结融在一起，也算不得太突兀。

这会儿商场里外人潮拥挤，处处张灯结彩，热闹喧哗，盈满浓浓的年味。

周亦澄双手紧紧握着购物车边缘，努力从人群中找缝隙前行，经过一个货架时，余光忽然瞥见一个人影。

裴折聿的身高优势很明显，站在人群中也能一眼注意到。

他已经换下了校服外套，惯常的一身黑衣黑裤，抬手去够最上方的货架时，松垮的袖口往下掉，露出一截凸出的腕骨，手链斜斜地挂在上面，下半段藏进袖口。

周亦澄看着那只骨节分明的手捏着包装袋，轻松收回。

下一秒，他的身侧忽然又伸出了一只手，接过那个包装袋。

是一只属于女生的手，纤细而白皙。

周亦澄一怔。

不远处的二人没有在这边多做停留的意思，拿了东西便转身离开。

在人潮的掩映中，周亦澄只来得及看清一截白色的衣角，和少年黑色的衣料轻轻地贴在了一起。

不过一瞬，黑白的对比突兀得晃眼。

周亦澄觉得心里像是被刺了一下，呼吸蓦然滞重几分。

"怎么了？"魏宇灵注意到自家女儿的不对劲，低声问。

周亦澄不着痕迹地收回视线，垂下眸子，手指无意识地掐进掌心的肉里："……没，看错了。"

第二天便是除夕夜。

今年家里情况特殊，没有人来拜访，晚上魏宇灵煮了汤圆，两人凑合着就当晚餐。

电视上春晚的背景音填补了冷清的气氛，合着细碎的键盘声响一道从客厅透过门缝钻进房间里。

不用看也知道魏宇灵这会儿又开始忙起了工作，周亦澄也就不打算再去客厅打扰。

她有些心烦意乱，错题本摊开在桌上许久也没有翻一页，最后索性窝在书桌边的椅子里，拿着手机有一搭没一搭地划拉屏幕。

时间一点一点跳动，从晚上九点开始，窗外的远处便有烟花绽开的声音响起。

每年都是如此，周亦澄拢了拢眉，手搭在窗沿往外看。

要是往年，她和妈妈的学生们一起聚餐的时候，晚上也会找个广场放烟花，还会一起在同一个孔明灯上写下对新的一年的愿景。

不过据说，明天市区内就禁止燃放烟花爆竹了。

回忆戛然而止，周亦澄有些遗憾地晃晃头，将一些有的没的的情绪抛在脑后。

怕到了晚上被吵得睡不着，她干脆先去洗漱了睡下。

再醒来，门缝外面的灯光已经熄灭，大概是魏宇灵看她睡着，也先睡了。

她打开手机看时间，也不过才晚上十一点五十。

外面烟花的声音比之前更加密集，睡过之后没了困意，周亦澄怎么也无法继续入睡，只好坐起来玩手机。

除夕夜大家都没有要早睡的意思，消息滚动得很快，活跃到不行。

　　班群里不知道是谁带的头，居然玩起了红包接龙。

　　周亦澄没敢抢，围观了一会儿便退了出去。

　　与此同时，手机上的时间刚好显示到零点。

　　新的一年到了。

　　窗外的烟花声在这一刻越发密集响亮，周亦澄的消息列表也蹦出了几个别人群发的"新年快乐"。

　　虽然知道是群发，但周亦澄还是挨个回复了过去。

　　待到回复完，她往后翻了翻消息列表，指尖悬停在了裴折聿的那个备注上面。

　　犹豫许久，她忐忑地打了"新年快乐"四个字，然后发过去，又重新躺回了床上。

　　睁着眼盯着屋顶好几秒，她眨了眨眼，暗笑自己怎么那么没出息。

　　像他那样受欢迎的人怎么可能和她一样只收到那么几条祝福，她发的那一条甚至有点儿疑似群发的，充其量只能像一滴水汇入大海，消失在不断刷新的消息列表里罢了。

　　就算要回，也最多就一个"同乐"。

　　即使明白这一点，不知怎的，周亦澄还是舍不得退出界面，守了好几分钟。

　　直到消息的图标上多了一个写着"1"的小红圈。

　　最顶端，一条消息骤然入眼——

　　裴折聿：【是不是群发的？】

　　语气是少年一贯的玩笑语气，周亦澄却一时僵硬了身躯，背脊直直地贴在床板上,有些不知道怎么回。

好在裴折聿似乎没有继续纠结这个问题,而是给她主动发过来一张照片。

看起来是他家的天台,地上各式各样的烟花散落一地。

裴折聿:【出来玩吗?林墅。】

外面的烟花似乎离窗户很近,响起的同时亮光穿透了薄薄的窗帘,微微将屋里照亮一瞬。

周亦澄愣了一下,脑中也像是绽开了一束烟花,绚烂得不真实。

她回了一个问号。

裴折聿:【烟花买多了,我们放不完,正找人一起。】

找人。

一起。

对他来说不过是一个无足轻重的邀约,却足以让周亦澄狂喜。

——想去见他。

一个冲动的决定涌上脑海,周亦澄用最快速度换好衣服后,蹑手蹑脚先出门探了一下情况,确定魏宇灵回房间休息了后,迅速反手关门,溜到玄关。

直到下楼梯时,她才敢跟裴折聿回一个"好"字,脚步逐渐加快。

她也不知道,自己在遇见裴折聿后,做过多少关于他的大胆的事。

更不知道,从什么时候起,那个少年有意或无意的每一句话,她都那样愿意义无反顾去奔赴。

直到走到林墅的大门口，周亦澄被冷风吹了一个激灵，才慢慢压下了那股冲动，停住脚步，开始顾虑起来。

也许别人不过是礼貌性地问一句呢？

她这样贸然地去打扰别人，是不是不太好？

刚才的一时脑热快速消散，怯意随之增加，正当她拿着手机站在门禁之前犹豫要不要找个理由折返回家的时候，身旁铁门被打开的声音兀地响起。

周亦澄吓了一跳，后退一步，看过去。

高瘦的影子投到身前，裴折聿手撑着门，冲她挑眉示意。

"都站在这儿了，怎么不进来？"

周亦澄迟钝地"哦"了一声，莫名有种做贼似的感觉。

顶着少年打量的目光，她第一反应是自己的刘海有没有被吹乱，而后犹豫片刻，快速从他撑开的那一道缝隙里钻入。

少年看起来在家里随意惯了，居家服外边随便套了件羽绒外套便出了门，周亦澄从他身前蹭过，短暂地掠走他怀中热意。

林墅这边很安静，在这儿买了房的人大部分都不住这边，沿着小道走过去，大部分房子都黑漆漆一片，以至于两人走动的动静格外清晰。

看出身边小姑娘走路时的拘谨，裴折聿以为她在担心其他，耐心解释："我父母不在这里。"

"啊……"周亦澄其实有些出神，听见声音之后愣了一下，点点头。

也怪不得会找人过来玩。

她见裴折聿拿出了手机，于是问："你还找了谁呀？"

"班上几个。"裴折聿一边回消息一边说,手机屏幕的光把他的脸照得微白,"还在掰扯,你是最早回消息的一个。"

"噢……"

过了会儿,裴折聿把手机揣回兜里,皱着眉道:"算了,应该都不过来了。"

周亦澄抬起下巴看他:"那……"

"先回去吧,还有人在等着。"

"嗯。"

原来还有人比她来得早。

周亦澄收起微动的心念,轻轻点头。

裴折聿的家很好认,就算周亦澄第一次过来,也能一眼看出来。

这一排别墅里只有那一处亮了灯,院子里似乎还站着个人,手里的仙女棒明明灭灭。

身材纤细,长长的头发披散下来,看起来是个女孩子。

周亦澄看不清她的脸,猜测会不会是余皓月。

仙女棒燃尽,远远看见两人后,那个身影过来打开了院子的门。她的动作很轻,裴折聿过去刚扶着门,她便轻笑着站到了一边,声音细细的:"只带了一个朋友过来吗?"

是和余皓月截然不同的声音。

"嗯。"裴折聿很熟练地应道,"天台锁好了吗?"

"锁好了。"女孩儿举了举手里的塑料袋,埋怨似的笑道,"你还落了一包在上面呢,被我发现了。"

语气无意识流露出的几分亲密,令跟在裴折聿身后的周亦澄有些微妙地顿了顿。

会是亲戚吗？

她一边猜测两人的关系，一边假作不经意地朝女孩儿看去，却在看清女生的脸后，瞳孔倏然一缩。

是陆舒颜。

下一秒，她忽然记起，那天在超市里见到的裴折聿身旁那抹白色衣角，和陆舒颜身上穿的这件，一模一样。

记忆与眼前的情景重合，周亦澄脑中"嗡"的一声，有些头晕目眩。

一种最坏的猜测从心底蔓延开来，撕扯得她心头发窒。

就在这时，陆舒颜注意到她，将视线投了过来。

周亦澄避之不及，只无措地向裴折聿身后再躲了躲。

陆舒颜的眼睛很好看，瞳眸被灯光映得亮晶晶的，眼神温和得不带一丝一毫攻击性，却平白让周亦澄觉得晃眼。

"是周亦澄吗？"

带点温软的声音传来，周亦澄下意识点了点头。

陆舒颜眉眼弯弯，衣摆随风微动，便已轻快地停在她面前："原来裴折聿说的朋友是你呀，我也经常听说你。"

周亦澄张张嘴，不知道该怎么接这句话，最后只轻轻"嗯"了一声。

对方满眼都是善意，她却格外想要逃离。

说不清的感觉如线团般乱七八糟。

指甲陷进掌心，刺痛的感觉直直刺进心底，周亦澄偏了下头，忽然觉得自己有些可笑。

裴折聿走到一旁，随意挑了盒仙女棒出来，一人分了一根，掀起眼皮懒懒打趣："人家跟你又不熟，一上来这么说，真不怕吓到别人。"

陆舒颜似嗔地瞪他一眼："你也知道照顾别人感受了啊？真稀奇。"

裴折聿无奈地揉揉鼻梁："我什么时候没照顾你的感受了？"

陆舒颜抿唇笑了笑，把自己手里的仙女棒塞到裴折聿手里，眨眨眼："知道了——"

说着，她转头看向周亦澄："天气好冷，我去给你热杯奶茶？"

俨然一副女主人的模样。

谁是主谁是客，在这一刻格外分明。

少女的指尖还与少年的虚虚相抵，轮廓融在柔和的夜色里，自然而亲昵。

周亦澄只落过去了一眼，便移开视线，眼睛酸胀得难受。

她不该过来的。

眼前两人的相处氛围融洽和谐得过分，而她就像是一个局外人，离得那样近，却根本没法触碰到。

她甚至连嫉妒的情绪都生不出一分一毫，便隐隐开始唾弃起自己那些卑劣的心思。

他只把她当朋友，是她贪得无厌想要得更多。

他们都是很好很好的人，她又有什么资格嫉妒。

陆舒颜没等周亦澄回应便自顾自地回了房中，房门掩上，外面的院子只剩两人。

周亦澄咬咬唇，用一种故作不经意的语气藏起心底窥探的想法："你和陆舒颜住在一起吗？"

"算吧。"裴折聿找出打火机,"咔哒"一声点燃手里的仙女棒,又顺手帮周亦澄点燃,轻描淡写地解释,"她高三办了走读,叔叔阿姨让她暂时住这里,没别的关系。"

"噢……"

周亦澄点点头,敛眸掩盖住眼底的不安。

好奇怪,得到了期待中最好的答案,她却一点也开心不起来。

仙女棒顶端跳跃着绚丽的光,将视野点亮。

周亦澄抬眼去看裴折聿,少年似乎对这样的小玩意儿兴致不高,捏着垂在身侧,不知道在思考些什么。

待到最后一小段半死不活的彩色光亮趋于微弱,裴折聿蹲下去,拿已经焦黑的顶端随意在地上划动。

灯光被一旁花坛的阴影遮挡,在他眼前分割成明暗两个世界。

周亦澄一动不动地看着他,直到自己手里的光芒也逐渐熄灭。

风声缀着枯枝发出沙哑的微响,两人明明只差几步,却宛如隔着道永远无法跨越的天堑。

手机振动两下,她消息提示的铃声没关,响得突兀,引得裴折聿也将目光投了过来,撑着地面站起。

不过是一个 App 推送的广告消息。

周亦澄一个字一个字看过去,忽然若无其事地熄了屏,冲裴折聿抱歉地笑笑:"我妈让我回家了。"

裴折聿不疑有他,淡淡地皱眉后,颔首:"那下次有空再一起玩?"

"好呀。"周亦澄勉强地牵了牵唇,无可避免地再次想到了陆舒颜。

大概,没有下次了。

她在心里默念。

转身时,周亦澄脚步微顿,像是想起了什么,又回头唤他:"裴折聿。"

裴折聿原本要收回的视线一停:"嗯?"

"新年快乐。"周亦澄尽力露出一个僵硬的笑,"顺便帮我跟陆舒颜说一声,谢谢款待。"

裴折聿愣了愣,而后淡淡勾唇:"好,新年快乐。"

周亦澄深吸一口气,压下眼眶的酸涩,几近落荒而逃。

她庆幸不被发现,也难过于没有被发现。

有些事,注定不能被人知道,也就注定了不会有结果。

她只希望,自己最不愿面对的那个消息,能到来得慢一点,再慢一点。

高三的寒假只放十天,大年初八,冷清的学校里逐渐多了学生的身影。

周亦澄照样来得晚,坐下时正听余皓月和裴折聿聊天。

周亦澄穿着厚厚的冬季校服外套,坐下有点儿困难。

余皓月睨了她一眼,又看了看裴折聿薄薄的卫衣,陷入沉思:"你还真不怕冷,看看我们穿那么多,你连校服外套都不穿,不怕王方又对你阴阳怪气?"

裴折聿耸耸肩,不置可否的模样:"早上没找到就没穿,教室里不还开着空调嘛,又不冷。"

"行。"余皓月一心二用,把旁边从别人那儿借来的作业本翻过去一页,持续奋笔疾书,不时小声咒骂,"我真的不知道一个数学作业为什么能抄那么多,早知道我昨天就再熬一熬了……"

裴折聿轻笑一声,转头跟周亦澄打招呼,尾音里还带着没来得及收住的笑意:"来了?"

周亦澄手指微僵,缓缓点了个头。

两人不再有什么交流。

周亦澄收拾桌子时,教室外面小小冒起一阵骚动,她没有抬头,却听得外面几个男生嘻嘻哈哈冲里喊:"裴哥,陆舒颜找你!"

陆舒颜。

简简单单的三个字再一次狠狠拨动周亦澄敏感的神经,她没有抬头,假装不关心这一切,却频频用余光注意那边的动静。

裴折聿应了一声便懒洋洋地站起来,出去了一会儿便在众人爆发的起哄声中坐了回来,胳膊上搭了一件外套,还散着属于少女的馨香。

余皓月见状,在一边直接连飙了三个"怎么回事":"等于说陆舒颜把她外套送过来了?"

"不是她的,是我的,"裴折聿抖开外套,拉链与塑料椅发出碰撞声,"她早上穿错外套了。"

"嗯?"余皓月越听越不对,差点一拍桌子跳起来,"欸不是……大哥,你这怎么越说越奇怪了啊?"

"借住,别多想。"裴折聿解释得很简洁,但周亦澄总觉得和那晚他解释的时候语气有些不同,"时间完全错开的,一天碰不到一面。"

"喊……"余皓月无趣地收了声。

裴折聿出去买东西,余皓月这才松了一口气,戳戳周亦澄的胳膊,憋不住话匣:"他就吹吧,我看刚才陆舒颜递他衣服的时候他那表情,还没见过他对哪个女生眼神那么温柔过。"

余皓月抱臂向后倒了倒,一副看热闹不嫌事大的模样:"当局者迷旁观者清,啧啧,我就看看他还能坚持多久。"

周亦澄手指猛地一收紧。

她终于意识到是哪里不同了。

是纵容。

是一种,并没有着急着想要澄清什么的纵容。

他好像并不是那么在意他和陆舒颜的那些起哄流言。

教室里空调开得很足,暖意扑面而来,甚至待久了会有一种昏昏欲睡的感觉。

耳边余皓月还在喋喋不休,周亦澄安安静静坐着,却只觉双手冰凉,越发无力。

当晚,如上学期一般,班级分组再一次调整。

这一次再没有什么别的变故,周亦澄作为第二组的组长,终是和裴折聿隔开了一个人的位子。

好在坐她前面的还是余皓月,至少没有完全置身在一个不熟悉的环境之中。

日子照样一天天地过,只是久而久之,周亦澄无意识地养成了看黑板时会先看向裴折聿后脑勺的习惯。

明知用余光吻过千遍万遍,也无法将距离拉近哪怕一点点。

但她仍在期待,也许哪一天,他能在回头时,再多看她一眼。

步入下半学期，时间骤然毫无商量余地地飞速加快，随着时间越来越紧迫，班里学习气氛日益浓厚起来。

当电子屏幕上的高考倒计时显示"100"的时候，百日誓师大会在体育馆举行。

年级要求文理各选出两人致辞，两边自然都选择了成绩最好的两位。

外面响着学校其他年级课间操的广播声，体育馆里，周亦澄站在高高的台上，身边是比她高出许多的裴折聿。

而裴折聿的旁边，紧紧挨着陆舒颜。

此刻正轮到少女致辞，甜美的声音不急不缓，借由话筒回荡在体育馆中，温和中不失鼓舞的力量。

下方的嘈杂显而易见地缓缓安静下来。

周亦澄握着话筒背在身后，迎着一整个年级的视线，淡淡地垂下眸光。

从这个视角往下看，刚好能看见班上同学用一种八卦的眼神看向台上。

裴折聿也正微微侧头，耐心地听着陆舒颜的致辞，偶尔冲台下带点威胁意味地睨一眼，自始至终目光都没有再落向她。

她站在边缘，越发像是一个被人遗忘的陪衬。

不会有人在意。

周亦澄闭了闭眼，在缓慢滋生的自卑情绪中，忽然生出些自嘲与遗憾——

她之前到底在担心什么。

枉自己平白紧张了那么多天，结果却什么也没发生。

如果没有意外，这应当是整个高中生涯里，她最后一次同裴折聿并肩。

离得那样近，近到能闻到少年身上熟悉的皂角香。

可她还是没有资格，光明正大地触碰到他的衣角。

他天生闪耀，本就该被万众簇拥，身边的那个人就算不是陆舒颜，也一定会是同样优秀耀眼的人。

而她不过是角落里的尘埃，纵爱意汹涌，也只能背着所有人，悄悄地为他开一朵无人知晓的花。

一模结束后，由于老师需要阅卷，学校照例给高三放一天假。

对于各种假期被无限压缩的学生来说，不可谓不是难得的放松机会。

余皓月早在考前一周便约了周亦澄还有其他一众同学放假那天一起去密室，哪知那天魏宇灵出差刚好要回津市，周亦澄临时要去接人，最终未能和他们成行。

其实刨除工作上需要占用的时间，魏宇灵回来也不过只有小半天的时间来陪她。

母女二人上一次见面还是过年，好在经历了这大半年缺少家人陪伴的生活，周亦澄似乎也习惯了长久一个人的生活，就连这次不见面好像也无所谓。

就连魏宇灵都询问过她，要不要出去和朋友好好放松一下。

可她还是想再见一面。

下午，家中。

周亦澄半撑着脸，眼睛从亮着的手机屏幕上移开，便看见魏宇灵举着手机，悬在满桌子的饭菜上来回调试角度的模样。

"妈。"她伸筷，有些头疼道，"吃个饭而已，有必要那么麻烦吗？"

魏宇灵心情不错的样子，笑容满面，一脸欣慰："女儿做的饭，不得发朋友圈炫耀一下？"

"……"

周亦澄耳朵红了红，低着头不习惯道："那你别把我拍进去。"

"行吧。"魏宇灵飞快地在手机上编辑了一通，而后抬头看她，"还有什么需要我注意的地方吗？没有的话我发了。"

周亦澄终于得空往自己嘴里扒了一口饭，咀嚼了一会儿，默默点头："……我想看评论。"

魏宇灵欣然应允："行。"

周亦澄总觉得魏宇灵是不是遇到了什么好事儿，这次回来明显和上次那般压力疲惫的模样不同。

甚至能和她开起玩笑来。

还未等她这个念头闪过，魏宇灵便放下了手机，给她夹过去一筷子青菜："你还是这样，不爱吃菜。"

魏宇灵轻叹一声，眼神从她身上掠过，敲敲手边桌子上的面包空盒，笃定道："我不在，你肯定又是随便应付着过的吧？"

周亦澄愣了一下，有些许心虚地移开视线。

还是被发现了。

高三学业紧张，学校的食堂不仅同她回家的方向相反，而且拥挤一片，她不太愿意浪费时间在这上面，多数时间宁愿回家啃面包。

"澄澄，"魏宇灵轻叹一口气，"我没有怪你的意思，我只是觉得，是我不称职。"

周亦澄"哦"了一声，本来想好的辩解卡在喉咙里，突然不知道怎么接话。

好在魏宇灵本就没有要她回应什么的意思，抬了抬眼，嘴角又缓缓弯起一抹安慰的笑意："不过没有关系，妈妈马上要被调回津市了，至少高考前最后一个月，还能给你做做后勤保障。"

周亦澄了动唇，惊讶："欸？"

"不然你以为，妈妈这段时间那么忙是因为什么？"魏宇灵敲敲碗边，"到时候回到津市事情就没那么多了，刚刚好。"

"这样啊。"

周亦澄静静听完，只点点头，简单回了一句，看起来淡淡的。

只是低头时微弯的嘴角暴露了她良好的心情。

倒是这段时间难得能产生的，一种温馨轻快的情绪。

她早已过了那段怨天尤人的时候。

眼下，只要生活还在往好的方向发展，能听到这样的消息，便足以让人开心。

母女两人吃饭的时间本就晚，一顿午饭吃完，竟快要接近晚饭时间。

把碗筷收拾好，周亦澄一边从厨房走去客厅，一边趁着闲暇的时间打开 QQ 空间，随意翻了翻。

再一刷新，最上方余皓月新发的动态蹦进眼中。

余皓月：【逃离一中计划大成功！！！】

配图是一贯的照片九宫格，除了一两张自拍，便是和小姐妹们的合照。

看来今天玩得还不错。

周亦澄顺手点了个赞，刚准备就这么划过，却在指尖抵住最中间那张照片时，目光骤然凝滞了一下。

看清人群中那张格外扎眼的脸的那一瞬，她飞快点开了图片，心里忽有种不明不白的情绪闪动，敛下眼睑。

既失落又庆幸。

照片里的裴折聿站在最后一排的最中间，凭借身高优势，轻易便成了整张照片里最为众星拱月的那一个。

原来他也在。

周亦澄深吸一口气，小心地将照片放大。

下一秒。

她看见了他的目光所及之处。

他没有看镜头，而是垂着眼神，带着几分纵容的模样越过身边站着的女生，看向另一处。

陆舒颜眯着眼，笑得纯然与无奈。裴折聿身旁那个女生一脸八卦的模样，连同前面的余皓月一起拉着她，作势要将她拽到裴折聿面前一样。

周围一片开心热闹，被簇拥的两位主角的肢体语言里似乎也没有抗拒的意思，甚至有种默许的感觉在里面。

只一眼，周亦澄便心下微颤，指尖突然凉了几分。

不会吧。

也许是余皓月邀请裴折聿的时候,顺便叫上了陆舒颜。

可是,余皓月又是什么时候,和陆舒颜关系那么好的?

关掉图片,周亦澄深吸一口气,忽然觉得连呼吸都像是陷在一片冰冷的黏腻之中。

而她自始至终都只是旁观者,面对逐渐走向最坏猜想的结果,无法忽略,无法阻止。

厨房的门被推了一下,声响猝然将她唤回现实。

周亦澄抬眸,便见魏宇灵手扶在厨房门上,一脸疑惑地看着她:"要玩手机也别在厨房玩呀?"

周亦澄抿抿唇,迈动有点发麻的双腿:"……好。"

回学校后,周亦澄刻意地选择去忽略裴折聿那边的动静。

她也不知道自己算不算是自欺欺人,或者更像是在一个所有人都不知道的秘密里,和自己赌气。

而这毫无意义。

她照样能目睹陆舒颜每天出现在班级门口,引起满教室的人起哄,或者路过操场时,望见被众人包围着的两人。

偶尔她走出教室门,与门边站着的陆舒颜擦身而过的时候,听见自一边倚着门框的裴折聿喉间溢出的几声低笑,余皓月有时也在,满面都是调侃。

像是在一起了,又不像是在一起的样子。

可那又怎样。

周亦澄不敢妄加揣测，只能独自在心底翻来覆去地肯定又否定，她觉得自己像是深海之上的一根细小浮木，浮浮又沉沉，直至某一天被冲上岸，或腐烂沉底。

只要被压在黑暗中的那些恋慕不见天光，她便永远无法喘过气来。

危墙终有倒塌之时。

二模前的晚自习，王方亲自把裴折聿叫了出去。

班里见状，三三两两开始窃窃私语起来。

周亦澄见前面的余皓月似乎一点惊讶也没有，隐隐有不好的预感，于是轻轻戳了戳她，故作无意地问："怎么了？"

余皓月神神秘秘地转过身来，没有先回答，而是先递给了她一块巧克力。

周亦澄接过巧克力，下意识说了声谢谢，剥开包装纸。

看不出巧克力的牌子，但光看包装纸，就知道应该挺贵。

余皓月自己也往嘴里塞了颗，含混不清道："我就说吧，就他那样，迟早得被陆舒颜拿下……"

漫不经心的话落入听者耳中，宛如一道晴天霹雳。

周亦澄眼睫一颤，呼吸重了一瞬，往嘴里塞巧克力的时候，才勉强将盈满胸腔的酸涩强硬压下。

就算已经猜到结果，但亲耳听见的时候，一颗心还是会不受控地坠入谷底。

她觉得自己嗓音都有点儿哑："……什么时候的事？"

"我也不清楚。"余皓月看向天花板，也在回忆，"还是今天裴折聿送陆舒颜巧克力我才发现有情况，估计也是因为这个被方脑壳逮住了。"

周亦澄再一次沉默。

唇齿间还残留着那颗巧克力柔滑的口感，浓浓的奶香之下，后劲的苦意倏然被放大无数倍，如疾风骤雨般铺天盖地地涌来。

没来由地感到一阵口干舌燥，她拧开水杯喝了口水，便又见余皓月转过身，对着门口去而复返的裴折聿挥了挥手，碍于还在上晚自习，只敢惊讶地压着声道："那么快就回来了？"

裴折聿点了点头，坐到位子上，视线无意间扫过周亦澄。

周亦澄慌乱地别开脑袋，心绪却始终翻涌起伏不停。

她隐约还能听得见余皓月和裴折聿的对话。

"怎么样？方脑壳说你什么了？"

"瞎起什么哄？"少年的声音一贯的懒散傲然，"学习去吧你。"

余皓月："就不能满足一下我的好奇心嘛，大哥！"

裴折聿一脸无奈："我们俩又没什么事情，方脑壳能把我们怎么样？"

余皓月一脸不相信："真的假的？都那么明显了，你觉得我傻吗？"

少年往椅背上一靠，笑得风华正茂："等考完试。"

余皓月无语："你牛。"

眼前的题目浅显易懂，可周亦澄似乎在一刹那失去了将每一个字连接起来的能力。

像是世界在眼前慢慢破碎，而她无能为力，只能徒劳地在纸上画着意义不明的黑色直线。

挺好的。

她咬着唇，失神地想。

一个标准的、皆大欢喜的结局。

——只是主角不是她。

下课铃响，班里逐渐由寂静转为热闹。

周亦澄似是想到什么，从书包最深处翻出手机，弯腰遮掩着打开。

耳边脚步声来来回回，身边的光影不时变换，她能听见不少人过去找裴折聿打听情况的声音，自觉选择屏蔽。

……

【可是，我不想只做朋友。】

久违地翻回到空间里的那句话，周亦澄敛着双眸，一时间只觉可笑。

那么简短的一句话，每个字眼却好似都在嘲讽她。

明明设置的是"仅自己可见"，但她越发觉得刺眼又心慌意乱，手指想要点上那个"删除"按键，却在中途猝然歪斜——

手肘忽然受到一阵力道的影响，有些大幅度地偏离，周亦澄乍一受惊，手机险些从手中飞出，她抵在课桌边缘的额头猛地抬起，愣怔间对上了裴折聿同样意外的双眼。

裴折聿不过两秒便恢复了表情，回过神便稍微弯下腰，有些戏谑地盯着她藏在课桌下的手机，了然挑眉："没想到好学生也会带手机啊？"

背着炽白的灯光，少年神色吊儿郎当，自然而熟稔地在她桌上敲了敲，眉眼仍是那般张扬放肆。

"……啊。"

周亦澄耳朵刹那红透，用尽全身最快的反应将手机藏回抽屉里，而后努力朝他抿起一个笑，舌尖涩意却沿着味蕾蔓延至五脏六腑。

她突然明白过来了什么。

他对她的态度居然还是一如既往，一点也没有改变。

不是什么好事，更像一把刀，直观地将她最后一点幻想割裂，告诉她从一开始，她便没有任何的"特殊"可言。

不，应该说——

从一开始，只有她才是最不坦荡的那个。

待到裴折聿走远，周亦澄悬着的心摇摇晃晃坠地，在指甲差一点抠破掌心前，重新拿出了手机。

低下头前，她的余光刚好映入门口少女柔和的衣摆，终于忍不住红了眼眶。

手机页面停留在空间，状态仍是"仅自己可见"——

【好糟糕。】

【明明这是理所当然的结果，和我一点关系也没有。】

【可为什么，还是好难过。】


天气早从五月开始转暖。

近来王方对班里的管理逐渐比以前宽松了些，似乎越临近高考，学习越要看学生的自觉。

不过在大量的试卷以及题海的轰炸之中，还能存在玩乐之心的也确实只有少数。

余皓月临时抱佛脚在外面报了个全日制补习班,从月初开始便不再留在学校,于是周亦澄的前方每天只剩下一个空空荡荡的椅子。

没有人在前遮挡,每一次抬头,视线里便恰巧能撞进少年微低的后脑勺。

这下就算刻意地想着不去看他,也有些做不到。

每一眼落在裴折聿身上,抑制不住的心动与无可避免的难过都会不断在心底撕扯,似凌迟一般不断折磨。

好像除了闷头专注学习,再没有别的可以转移注意力的方法。

晚间放学,轮到周亦澄的小组打扫卫生。

周亦澄从卫生间洗了帕子回来,远远在走廊里都能听见从教室门内传出的起哄声与喧哗声。

教室里,几个男生围在裴折聿的位子周围挤来挤去,都想透过缝隙去看他手里的东西。

"裴哥你不厚道啊,藏的什么啊,怎么还不让我们看了?"

"送陆舒颜的生日礼物吧——"

"哟,还是小草莓包装,没想到裴哥你还挺有少女心啊!"

……

或笑或闹的声音糅杂在一起,于空荡的教室中回响。

裴折聿心情不错,在众人此起彼伏的调侃之下,只颇为轻松悠然地勾勾唇,声音带着玩笑意味:"滚。"

喧闹中,周亦澄小心翼翼地从那群人旁边挤过去擦窗台,侧身时，余光不由自主地向人群中间瞥了一眼。

少年校服外套的拉链拉开了一半，松松垮垮地套着，背脊微弓，一派慵懒地盯着手里的包装盒，笑意里带些微不可察的宠溺。

骨节分明的腕骨之上，取代了那条银色手链的，是一根细细的黑色皮筋，带着一种刻意的显眼张扬。

少年的喜欢鲜明而坦荡，不爱遮掩，也从不给人留有胡乱猜测的余地。

瞬间，周亦澄触电般地敛了视线，缓缓垂下眼睫。

原来他真的可以像她曾经无数次梦想中的那样，像一个普通的男孩儿一样，温柔又全心地去偏爱一个人。

只是那个人不是她而已。

他是她触不可及的神明，也是别人唾手可得的星星。

手下湿润一片的帕子不断传递着凉意，周亦澄擦完了内侧的窗台，打开窗去擦外侧。

晚风自狭窄窗缝穿堂而过，她被吹得清醒了几分。

凝眸时，玻璃上映出的光影跳跃闪动。

少年被人推搡着前行，只露出半侧瘦削平直的肩膀，渐渐与她脸颊的轮廓重叠。

她还未来得及转身，下一秒，拥挤层叠的人群便已隐匿入走廊的黑暗之中。

校园静谧，从教学楼延伸至校门的宽阔道路之上空无一人。

周亦澄心里压着事，走路有些慢吞吞的。

老旧的路灯依旧摇摇欲坠地发着昏黄的光，影子在脚下延伸晃动,她无端又想起了夏末的那个雨夜。

如果那天她没有遇见他。

是不是就不会那样义无反顾地,去沉沦于一个注定无望的结局。

……

篮球场方向隐隐有动静传来,周亦澄经过的时候,条件反射地朝那边看去。

只遥遥一眼,她便顿住了脚步,忽然有些后悔。

熟悉的球服在稍暗的灯光下晃动,裴折聿轻巧随意地一抬手,三分球落地。

进球后,他没有像之前一样立刻去捡球,而是回头看向了另一处。

那处长椅上坐着一个女孩儿,赫然是陆舒颜。

少女手撑在身侧,灯光给她的轮廓描上了一层淡色的边,越发显得纤细安静。

两人浅浅对视一眼,陆舒颜弯了弯眸,十分自然地起身上前,将手里的矿泉水递过去。

少女正对着周亦澄,周亦澄缩了缩身子,朝旁边躲了躲。

她看见陆舒颜一双眼亮晶晶的,似乎在期待着什么。

裴折聿重心稍微向后了些,肩膀放松,有些浑不憺地摊手,低头看她。

不知道他说了些什么,陆舒颜站在那儿好一会儿,而后慢慢把水瓶塞到少年怀中,表情变得有些失落。

裴折聿单手提着水瓶,从兜里摸出了一颗糖,很随意地丢进她手心里。

拿到那颗糖,陆舒颜好像更失落了点儿。

像有小脾气,更像是撒娇。

裴折聿作势转身要走,却只是转身从书包里拿出一个小盒子,折过身懒洋洋地扬手在陆舒颜眼前晃了晃。

那一瞬间,周亦澄捕捉到了裴折聿的神情,微扬的眉间溢满了得逞后的笑意。

少女惊呼一声,将礼物抱在怀里,星星再一次满溢在眼底。

裴折聿抬手潇洒地提起书包搭在肩头,与她并肩朝另一个方向离开。

灯光洒落,像是在两人之间布了一层薄薄的屏障,静谧而美好,令人不忍打扰。

偶有隐约细碎的声音散在风里,又随着那两道身影渐渐远去。

——据说,男生进球后下意识看过去的方向,就是他最喜欢的那个女孩儿所在的地方。

周亦澄在原地多站了会儿,眼睫微颤,孤寂的瞳眸渐渐与黑夜交融。

她不该看那一眼的。

心里空空落落的,像是缺失了一块。

但,从来没有拥有过,又怎么谈得上失去。

她从未将"喜欢"宣之于口,在此时更是连这样的机会都不配拥有。

不愿打扰别人的胆怯,往往伴着未能勇往直前的遗憾。

仿佛这便是暗恋者永恒的宿命。

远处的身影渐渐模糊，周亦澄浑浑噩噩地扶着身旁建筑的石柱，换了个方向离开。

夜风刮着脸颊，亦如一柄细长锋利的刀，毫不留情地刺入骨血，痛得鲜血淋漓。

她像一尾丧失生命力的鲸，渐渐沉入暗无天日的深海里。

拍毕业照那天天气很好，阳光明媚到刺得人有些睁不开眼。

学校给毕业班留足了一个上午的时间，可以带手机，可以自由拍照。

于是从一早来到学校开始，属于高三的楼层便浮着前所未有的热闹气息。

毕竟是学生时代最后一次颇为重要的合影，大家准备得还算积极，女孩子们结伴去卫生间换衣服，回来后又聚在一起互相分享化妆品，嬉笑声不断在教室各个角落响起，带动气氛轻松快活。

周亦澄抱臂站在窗边，像是自动屏蔽了教室里的各种动静，偏头看向窗外发呆。

她没有要特意打扮的意思，薄而宽大的校服外套规规矩矩套在身上，里面穿的也是校服短袖，素净着一张脸。

窗外的树在不知不觉间已经绿满枝头，被分割的阳光透过树叶缝隙投过来，周亦澄不由得眯了眯眼，没精打采的。

她向来对这种集体性的活动不感兴趣，毕竟她向来孤僻。也确实没有什么可以留念的东西。

一旁的余皓月正帮小姐妹画好眼线，侧眸便注意到了安静出神的周亦澄，她放下手里的东西，抬手在周亦澄眼前晃了一下：

"嘿，要不要帮你化个妆？"她今天是特地从外面赶回来拍毕业照的。

周亦澄愣了一下，有些不自在地轻轻摇头："我不化妆的。"

"好歹打个底吧？"余皓月挽了下她的手臂，细细端详了她的脸一会儿，"你这脸色也太差了……最近是不是经常熬夜？"

余皓月说着顺势便把周亦澄往椅子上拉："等我先给你修个眉。"

周亦澄只得无奈同意。

余皓月得到应允，当即兴奋地动起手来，一副跃跃欲试给她化个全妆的模样。

周亦澄干脆闭上眼，任由她在自己脸上动作。

教室里的喧哗还在继续。

美妆蛋在脸上拍了会儿，周亦澄突然感觉她的动作停了下来。

随后便是一道调侃的声音响起："哟，这不是咱们裴哥吗？几天不见身上怎么花花绿绿的了？"

身侧的脚步声停住，离得很近，清冽气息若有似无地萦绕过来："嗯？"

瞬间，周亦澄心脏重重跳动两下，无端难受了一小阵。

她忍不住咬了咬唇，眼睛不着痕迹地睁开一道。

少年双手揣兜，单色的校服外套之上布满了各式各样的荧光笔迹，看起来确实有几分花哨。

画面逐渐聚焦，周亦澄看清了上面横七竖八的名字。

余皓月指尖点在一个名字上，笑嘻嘻道："怎么还有荧光粉？"

裴折聿看着余皓月，耸耸肩，做出一副无辜的模样摊手："他们那几个非得往我衣服上写，不怪我。"

余皓月顿时眼前一亮，兴致勃勃地从笔袋里掏出自己的荧光笔："那我也来留一个！"

少年欣然抬了抬下巴："也行。"

余皓月闻言，当即招呼他转身，撸起袖子就往背上画。

裴折聿站定后便没再动，面对着周亦澄，须臾，像是终于注意到了她，垂下眼看过来，随意询问道："你要不要也留一个？"

"……"

少年的眸光落在自己身上的那一刻，周亦澄呼吸滞了滞，喉咙倏然间变得干涩。

她不敢看他，眼神有些飘忽，心绪在这一刻再次如海浪般起伏翻涌。

许久后，她却只张张嘴，轻声道："……不了。"

她不愿将自己带有卑劣心思的痕迹留在他的世界里。

一如曾经无数个想破罐子破摔地与他表明心迹，却在打下满满一页的文字后，又将其一行行删得干干净净的夜晚。

因为太过喜欢，所以不敢打扰，因为清楚不会有回应，所以宁愿他在未来将自己的存在淡忘。

日光肆意在树叶间变换，斑驳的残光明明暗暗，一只鸟跳上枝条顶端，很快离去，只余枝叶摩擦发出的轻微"沙沙"声。

余皓月写了名字还不满足，一边念念有词一边继续在裴折聿背后勾画着什么。

裴折聿也静静地站着，只微调了一下重心。

周亦澄两根手指绞在一起，沉默两秒，忽而仰头，用一种很轻但斟酌的声音试探着询问:"……那,我可以拜托你在我校服上留一个名字吗?"

——她还是想在自己的世界里,留下一些属于他的痕迹。

这次轮到裴折聿有些意外。

他手指在桌面上敲了两下,轻笑一声:"OK!"

周亦澄小心翼翼地伸出了一只袖子。

裴折聿从余皓月那儿借了支荧光笔,微低下头询问:"蓝色行吗?"

周亦澄轻"嗯"一声,轻轻攥紧了拳头。

少年手腕轻移,笔尖隔着袖子在小臂的肌肤之上浅浅摩挲,留下的字迹干净利落——

前程似锦

——裴折聿


教室外面有人喊了一声:"下去拍集体照了!"

裴折聿正好合上笔帽,漫不经心回头,准备朝门外走去。

这时,周亦澄轻轻叫住了他。

"裴折聿。"

裴折聿反手撑在桌面上,偏头向下与她对视,疑惑地扬了扬眉。

"怎么?"

身侧的人来人往逐渐被模糊成背景,少年似是在笑的眸瞳里,是一种平淡而自然的情绪。

倒映着碎光,倒映着人来人往,唯独没有倒映出她的身影。

周亦澄莫名觉得眼睛有点酸,心底的难过与苦涩在这一刻不断加剧。

她轻声道:"也祝你前程似锦。"

裴折聿轻怔,慢慢笑开,带点少年意气的狂妄:"那就借你吉言。"

周亦澄卷起袖子,将那两行字藏住,起身时低了一下头,像是也跟着笑起来。但只有她自己知道,她此时的表情大概比哭还难看。

我们都有很好的未来。

一个与对方无关的未来。


空间仍保持在仅自己可见的状态。

五月二十八日。

【我是不是该庆幸自己有三件校服外套。】

五月二十九日。

【不要再痴心妄想。】

【不要再看他。】

五月三十一日。

【到此为止好不好。】

六月一日。

【为什么放不下。】

【为什么还是好难过。】

……

六月六日。

【跟他说了高考加油。】

【……最后一次。】

……

如老师们所说的那样,在经历过大大小小的无数场考试后,高考仿佛也没有想象中那么可怕。

考完试后,班群里一下便炸了起来,纷纷庆祝解放,并开始商量着聚餐的事儿。

大家都明白,出了成绩之后,想要整整齐齐聚一次,恐怕就没有那么容易了。

于是聚餐定在十号下午。

周亦澄去得有些晚,到的时候人已经来了一大半。

这才高考完两三天,就已经有好几个人把头发染了,且一个比一个颜色夸张,特别是余皓月那一个圈子的小姐妹,凑在一块儿坐着,简直像一片彩色的小海洋。

周亦澄置身其中,颇有些格格不入。

不过她也习惯了这样的格格不入,还算淡定地捧着杯子一边喝茶一边听她们细细唠嗑。

"你昨晚看群里消息了吗?一群人在那里撺掇着裴折聿把陆舒颜一起带过来来着。"

"看了,还说啥有对象的都要带对象,咱班除了他还有几个有对象啊,笑死。"

"所以他真的会带陆舒颜过来吗?"

"咱们都只是说着玩呗,昨晚裴折聿根本没在群里说过话,说不定压根儿没看见呢……况且陆舒颜跟我们班里大部分人都不熟……"

又是这两个名字。

周亦澄默默放下茶杯,低头玩手机。

不知过了多久,周围一下高扬起来的惊呼声打断了她划拉屏幕的动作。

身边彩色的"海洋"波动了一下,几个女孩子齐齐看向门外。

"哇,他真带来了啊?"

"啧啧啧,还是情侣装,今天咱们是不是又得被迫吃狗粮了。"

……

裴折聿一身简单的衬衫黑裤,身边的陆舒颜裙子也是同样的黑白色调。

梁景过去就是一个勾肩搭背,吊儿郎当道:"多带一个人得加钱啊裴哥!"

裴折聿觑他一眼,随手把他手臂拉下来:"行了,这顿我请。"

梁景愣了一下,旋即眉开眼笑地高声冲里面道:"大家听到了没?裴哥说今天他请客!"

裴折聿没再管他,笑了一下,状似随意地牵住一旁陆舒颜的手,带着她落座。

处处像是不经意,却又处处写满呵护。

周亦澄深吸一口气,顿觉如坐针毡,手掌中间的那一角衣料被无意识地揉皱。

要是早知道会是这样,她就不该来。

饭桌上一片和乐融融,大家没有过多地谈到成绩,都心照不宣地选择聊些开心事。

尽兴之时,有人绕过半张桌子,跑到裴折聿身边,跟他碰杯:"裴哥,你这个假期打算干点什么?"

这话配上其暗示般的眨眼,倒是带了几分暧昧的意味。

裴折聿跟没注意似的转了下杯子,睨了眼陆舒颜:"她想去宁市,过两天陪她去那边玩一玩。"

毫不意外地又引发了一阵起哄声。

周亦澄夹菜的手狠狠一顿。

宁市。

周明海就被关押在宁市。

久远到不愿去触碰的情绪再一次被唤醒,周亦澄有些憋闷得受不了,搁下筷子,借口去卫生间。

直到凉水浇在脸上,呼吸才终于通畅了几分。

她看着镜子里的自己,眼神复杂。

有那么一瞬间,她突然在想。

如果现实的差距没有那么大,她是不是至少能有勇气,跨出那一步。

不知过了多久,镜中那张素净的脸上缓慢浮了一层苦笑。

谁知道呢。

从卫生间出来,走到一个拐角处,周亦澄忽然听见一道细碎的娇声。

本该直接经过那个转角的脚步骤然滞住。

不会那么巧吧？

她犹豫着抿抿唇，借着一旁葱茏的盆景掩护，从层叠的叶间往那边探了一眼。

瞳孔骤缩。

两道交缠的身影顷刻间穿透小小的视野。

陆舒颜几乎整个人都攀在裴折聿身上，仰着头，细细啄吻着少年的喉结。

裴折聿反应有些淡，单手落在少女的腰间，垂眸任由她动作。

感觉到她因踮脚有些体力不支，他配合地弯了弯腰。

走廊很安静，两人的动静虽不大，但仍有细细的声响。

周亦澄清晰地听见少女轻喘了一声，而后气息不匀道："我初吻还没给你……"

裴折聿戏谑的声音沉沉响起："刚才那不算？"

陆舒颜沉默了一会儿，再一次踮脚，环住他的脖颈。

……

浮光掠影间，起伏的身影被模糊在她眼前。

像是苦苦坚持着的最后一根弦骤然绷断，难以言喻的痛感侵入四肢百骸，周亦澄闭上眼，靠着墙，神色近乎麻木。

也许只有在一次一次地见证、一次一次地痛过之后，才能将死守的那一丝不切实际的幻想打破，彻底死心。

总能忘记的，她想。

这明明是件好事，是最简单最快捷的方法。

毕竟，她那样不受控制的感情，本就是错误的存在啊。

可为什么，她在哭呢。

## 第四章

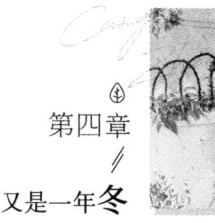

## 又是一年冬

又是一年入冬。

泽城今年的气温降得比往日快,十一月初,**便有初雪降临**。

恰逢周末没有门禁,楼下操场的吉他弹唱被劣质音响压缩得有点刺耳难听,直到十一点还在继续。

周亦澄经过的时候往那边看了一眼,男生站在天寒地冻的风雪之中,一双穿着厚靴子的脚陷在雪里,不时挪动一下,手里弹吉他的动作没有停,但好像也只会那几个简单的和弦。

雪还在下,碎如纸片飘散在风中,纷乱卷入画面,**倒平添了**几分意趣。

——大一的新生啊。

去年也是这样。

据说每一年的初雪那天,总会有大一新生在操场中间表演唱歌,已经成了泽大的一大传统,到后来也不知道是一时兴起的追求浪漫,还是单纯的延续这一传统。

周亦澄只简单地顿了下,便收回视线,无奈地摇摇头,继续朝着寝室走。

她也不过才大二，再见到此般画面，竟然有了一种恍若隔世的感觉，像是度过了一段很长很长的时间。

又好像，将过去的时间不断拉长，就能在漫长的记忆中将一些东西淡忘。

雪下得有点大，透明伞上堆了薄薄一层雪，又顺着伞面偶尔滑下来一些。

周亦澄还没走上两步，便听到身后冒出一道有点耳熟的男声："小澄？"

听见这个声音，周亦澄神色短暂地僵了僵，转身时，又很快变为了礼貌的生疏："杨宇尧同学。"

高瘦的男生停在距她不远的地方，笑意灿烂："好巧，这个时候才回寝室啊？"

周亦澄"嗯"了一声，回避过他带着强烈目的性的眼神，一时不知道该如何接话。

这人和她同级，大一那会儿在社团认识的，似乎喜欢她蛮久了，前些日子刚被她拒绝表白，却还是锲而不舍地出现在她的周围。

虽然算不上打扰，但也令她稍微有点苦恼。

尴尬的气氛持续了两秒，周亦澄本来也不善交际，犹豫了一下，最终冲他颇为不自在地挥了挥手："那……我有点儿累，就先回去了？"

杨宇尧没想到周亦澄会如此直接地将话题终结，嘴角微微抽搗了两下，仍保持着笑容："行，那有空再聊。"

周亦澄如释重负地松了一口气。

还好，面对的是一个还算礼貌的人。

寝室里一片漆黑，周亦澄知道一个室友周末回家，另外两个今晚一起出去玩了还没回来，于是毫不顾忌地打开灯，开始收拾。

外面的吉他声断在中途，没再继续，周亦澄正抱着盆走到洗面台，好奇地往外看了一眼。

没过多久，就听见了寝室门开的声音。

两道凌乱的脚步声踏了进来，一个短发姑娘扶着另一个有些微胖的女孩，冲里面扬声："橙子，快帮忙搀一下卓琳！"

周亦澄"欸"了一声，听出对方话里的吃力，简单擦了擦手便赶过去，帮人分担了一点力。

女生的体重沉沉压在臂弯，衣服上还兜着从外头带进来的寒意。

周亦澄有些担心地皱皱眉："雨心，你们这是喝了多少？"

江雨心闻言，苦着张脸，有些抓狂地揉了揉头发："我没有！我们就出去逛了个街，没想到她喝了杯桂花酒酿就能醉成这样！"

"……我没醉！"

原本瘫倒在两人臂弯里的卓琳闻言一下子站直了，双眼亮亮的，要不是看她满脸通红，模样还真挺正常。

"没醉？"江雨心得空抖抖手臂，没好气道，"刚才谁看到操场学弟想都没想就跑过去喊人男朋友的？人家小弟弟东西都顾不上拿就被你吓跑了，你告诉我这叫没醉？"

"……"

敢情那人没再继续唱了,是因为这个。

周亦澄忍着笑,转身继续去洗衣服。

"我没有……"

"桂花酒酿你都能喝醉,还好我之前没带你去喝酒。"江雨心一边念叨着一边把人按在凳子上坐好,拖着声道,"服了——"

待到卓琳安分了点儿,江雨心才放心下来,提着手里的塑料袋,走到周亦澄身边晃了晃:"回来路上碰见追你的那个杨宇尧了,他托我给你带的。"

是一袋子零食。

周亦澄停下手里的动作,沉默了会儿说:"你们吃吧。"

江雨心愣了一下,点头:"好。"

洗好衣服,周亦澄坐回桌边,给对方把零食的钱转了过去。

她用的支付宝,不给对方拒收的机会。

江雨心拆了一包薯片,朝她伸过来,嘴里含混不清地评价道:"这个杨宇尧可真够执着的,这都快三个月了吧?"

"嗯……"周亦澄点点头,把零食轻轻推回去。

江雨心也不勉强她,看出她不太想继续关于这人的话题,叹了口气:"不然你就直接给他说你有喜欢的人了,让他知难而退什么的?"

说到这里,她稍微顿了顿,凑近周亦澄,拿手肘碰了碰周亦澄:"欸,说起来我也蛮好奇,看你整天一副两耳不闻窗外事的清心寡欲模样,是不是根本不知道喜欢别人是什么感觉啊?"

喜欢……吗?

周亦澄闻言，搭在腿上的手指微屈，眼神忽地一闪，又飞快暗下去，像是什么反应也没有。

她摇摇头，将记忆深处被模糊了无数遍的身影抛在脑后，含混道："……大概吧。"

有些事，只适合被埋藏在无人知晓的时光里。

最好是她自己也忘记。

"我就知道！"江雨心不疑有他，立刻露出一副"果真如此"的表情，"除了我们这个寝室，感觉你大学这一年多社交几乎为零，从某种意义上来讲，也是挺厉害的。"

周亦澄笑了一下，没说话。

不知道是不是因为往事突然被提起，她有点儿心不在焉，记不起还要做什么，索性起身去洗漱。

正洗脸，身边有只手也拧开了水龙头。周亦澄以为是江雨心，直到余光瞥见一个轻松熊水杯。

她抹了一把眼睫上的水，惊讶地看向身边的卓琳："你不会要在这里接水喝吧？"

卓琳歪着头，一脸理所应当："对啊。"

周亦澄帮她关上水龙头，指指那面，耐心地道："饮水机在那边。"

卓琳迷茫了会儿，也不知道听没听懂："噢……"

紧接着，周亦澄眼睁睁看着她走到了窗户旁边，盯着饮水机的方向，反手将杯子里的水倒出了窗外——

"卓琳！"

周亦澄心头一紧，怕她下一步就是连带着杯子一起丢出去，于是快步过去把她的手推回窗内:"你别这样,万一砸到人……"

她边说边往下瞥,话音在看见楼下撑着的一把黑伞时,蓦然止住——

下面还真站着人。

外头雪仍在下,黑伞上沾了点点白色的雪迹,又被一道突兀的水渍融化大半,蜿蜒着向下滴沥,她们寝室在二楼,从这个视角望下去,能看得一清二楚。

人影被大大的伞面遮挡,隐约辨认得出是一男一女。

大约是在寝室楼下依依不舍告别的小情侣,要不是今天下着雪正好打了伞,恐怕真得突遭横祸。

周亦澄双手搭在窗框上,有些愧疚地抿抿唇,刚想开口冲底下人说声抱歉,便与从伞下好奇地探出头的女生来了个对视。

周亦澄猝不及防地卡了下壳。

下一秒。

只见黑色的伞面朝女生倾斜了些,随着角度的变换,伞下另一半被遮挡的身影暴露在了风雪之中。

男生姿态随意懒散,一身黑衣黑裤,几近融在这夜色中,此刻随意地握着伞柄,微微抬眼时,带了点漫不经心的意味。

他的脸映在灯光下,轮廓熟悉而分明。

时间仿佛在这一刻静止。

周亦澄张张嘴,原本只一瞬卡壳的喉咙如彻底封死了一般,再也发不了声。

沉寂已久的心跳再一次变得剧烈,震得鼓膜生响。

像是穿透了岁月的裂隙,将尘封已久的记忆硬生生地拉扯拖拽而出。

都说忘掉一个很喜欢的人需要很长很久的时间,而再一次心动,只需要他站在眼前。

——于是,被时光模糊过千遍万遍的轮廓在这一刻重新描摹,再次清晰无比地闯入她的世界。

裴折聿。

她从未想过,会在这样的场景之下,再次见到他。

夜风刮得脸颊有些疼,周亦澄抑制着心跳,眨了眨眼,倏然与他的视线交织在一块儿——

飘飞的碎雪被黑暗吞噬,只余被分割的半片灯光下,那双狭长微挑,带着三分冷淡与肆意的眼。

无波无澜,像是在打量一个陌生人。

片刻的哑然后,周亦澄霎时冷静下来,慢慢敛起视线,心底泛起一丝自嘲。

是啊,兵荒马乱的,从来只有她一个人。

这么长时间过去,她还是改不掉自作多情的毛病。

他看样子过得很好,说不定早已经忘记了她这个交集甚少的普通高中同学。

她又何必在这个时候,自取其辱。

被伞遮住的女生此时再次从伞下探出头来,看了看周亦澄,又看向裴折聿,带着些好奇询问:"你们认识吗?"

周亦澄轻吐一口气,想让自己表现得更为自然一些,轻轻摇头:"我们不——"

"认识啊。"

话音猛然被另一道声音截断。

周亦澄背脊猛地僵滞,捏住窗框的指节收紧,不可置信地看向裴折聿。

裴折聿垂下眸子,手腕微抬,轻松地将身旁女生再次罩在伞下。

再抬眼时,他忽而弯唇,眼底蕴了点笑意,慵懒的嗓音戏谑勾起。

"小同桌,这就不记得我了?"

恍惚间的情绪不受控。

时间仿佛倒流回初见那一天。

那时的裴折聿也是这样,偏侧着头看她,用最为轻肆漫不经心的语气,开着足以让人忍不住心动的玩笑。

背后的落日余晖渐渐为他镀上一层泛金的色彩,顷刻间如熊熊卷起的火焰,将画面逐渐蚕食。

眼前依旧是沉积着雪白与昏黄的黑夜。

"……啊。"

周亦澄眼瞳颤了颤,很快便回过神,露出了一个清淡的笑,隐匿着只有自己能感受到的欲盖弥彰:"是裴折聿吗?好久不见。"

翻腾而至的悸动在出口的刹那被拉成一根平直无波的线,倒真挺像普通朋友之间平淡无奇的寒暄。

卓琳还被拦在窗边,听见两边的对话,好奇地凑上来:"你们在聊什么啊……"

"……没。"

周亦澄瞥了眼她手上勾着的小瓷杯,有些匆忙地朝楼下道:"抱歉,我室友喝醉了要人照顾,以后有空再聊?"

裴折聿本就对此不在意,淡淡颔首,轻笑:"行,以后有空还能一起吃顿饭。"

周亦澄没应声,慢吞吞地关上窗户。

激烈的情绪过后,只余几分空落落的感觉。

她不是什么乐观主义者,于她而言,所谓的"以后有空"只不过一个客套的借口。

至于还有没有所谓的"以后"——

谁知道呢。


时刻处在危险状态的轻松熊瓷杯终于被稳稳放回桌上,卓琳一沾桌,便趴回桌面,拿出手机开始发语音骚扰她的男朋友。

江雨心也正巧在这个时候挂断电话,把手机往桌面上一扣,好奇地问周亦澄:"刚才看你俩在那边的动静,发生了什么?"

"没什么。"周亦澄说,"她往窗外泼水泼到人了,不过没出什么事。"

"那就好。"江雨心看了眼卓琳,头疼地按了按太阳穴,"下次绝对不能让她沾上任何酒精一类的玩意儿。"

周亦澄赞同地点头。

时间不早了,江雨心拿了东西准备去洗漱,寝室门口又有敲门声响起。

周亦澄先一步开门,"吱呀"一声后,看见了门外俏生生立着的女生。

——是刚才楼下,裴折聿身边的那位。

小姑娘比她矮一些,挂着温暾的笑看着她,肩膀上残留着湿意,显然是一上楼就赶到了这边。

周亦澄怔了怔。

"是谁点的外卖吗……欸,露露?"

没等她发声,后面的江雨心张望过来,声音含了惊喜。

被叫作"露露"的女生视线短暂从周亦澄身上离开,双眼晶亮地和江雨心打招呼:"哇,好巧……原来你们是一个寝室的吗?"

江雨心笑骂:"齐梓露你看看你!上大学之后都没怎么来找过我玩,连寝室都记不住了啊?"

小姑娘不好意思地摆手:"下次一定,下次一定……"

"哼。"

周亦澄稍微往旁边挪挪,耐心等了会儿,猜测她来找自己是做什么的。

江雨心随便说了两句便去洗漱,小姑娘得空,重新看向她。

大概是不熟悉的缘故,小姑娘没多说什么,眯着眼冲她友善地笑了笑,而后往口袋里摸索了一会儿,摸出一小袋日式包装的金平糖递过来。

"我表哥让我带给你的。"

周亦澄迟疑一瞬,没接过:"表哥?"

"啊,就是裴折聿。"齐梓露看出她的疑惑,忙解释,"我一直在泽城,裴折聿和你们在津市上的学嘛,没听说过很正常。"

"……这样啊。"

紧绷的神经在这时忽然放松了些，周亦澄不知道为什么自己会有一种舒了口气的感觉。

她舔舔唇，盯着小姑娘手里那包糖，有些拘谨地接过："麻烦你了。"

"不麻烦不麻烦。"齐梓露同样温声客气道，"我就住楼上寝室，有空可以来找我玩呀。"

"好。"

送走齐梓露，周亦澄关上门靠着门板，盯着手里精致好看的包装袋，而后犹豫着，从好友列表里翻出裴折聿的名字，点进对话窗口。

上一次聊天还是高考前，消息记录随着手机的更换早已找不回来，望着空荡荡的界面，她忽然浮上些陌生而胆怯的情绪。

周亦澄翻回资料卡，盯了会儿那个万年不变的头像，这才重新回到聊天界面。

【谢谢。】

消息发过去后，那边许久没有回复。

直到江雨心关了灯，周亦澄才退出软件，有些遗憾地拿被子蒙住自己，逐渐接受对方也只是随口客套的事实。

只是一次偶然的重逢罢了，一切都不会改变。

可就算已经过去那么久，她还是一如既往地没出息。

那件事也不过被看作是平淡生活里的小插曲，周亦澄没有想过自己还会再见到裴折聿。

月底的一个周末，打工的便利店的一个同事家中突然出了点事儿，拜托周亦澄同她换一换时间。

耐不过对方的再三央求和奶茶攻势，周亦澄心一软，便答应了下来。

天气一天比一天冷，店里的暖气也开得一天比一天更足。

临近半夜十二点，店里里外外都没什么人了，显得一方小天地温暖而静谧。

关东煮的锅仍在"咕噜咕噜"地微微冒着泡，氤氲的香气带着暖意盈满小小的店面，风雪被透明的玻璃门挡在外面，将里外分隔成两个截然不同的世界。

周亦澄坐在收银台前，昏昏欲睡地发着呆。

楼上有家 KTV，是以这会儿进店的几乎都为买烟买酒，应付起来倒也容易。

店门再一次被打开，寒意顺着玻璃开合的缝隙钻进周亦澄的衣领，门口的感应播报与此同时也尽职尽责地重复起"欢迎光临"。

周亦澄缩了缩脖子站起，刚想如往常一样重复一遍"欢迎光临"，便见一只骨节分明的修长手指，缓慢敲了敲台面。

"来包烟，好巧。"

熟悉的声音不轻不重地在耳边炸响，周亦澄困意蓦地消了大半，看清了眼前的男人。

裴折聿手撑着收银台，下颔微低，半眯着眼随口问："在这儿打工？"

"啊，嗯……"周亦澄下意识点头，移开视线帮裴折聿扫码，"二十三块。"

见裴折聿拿了烟盒便要拆开,她忙小声提醒:"店里不能抽烟。"

裴折聿拿烟的手顿了顿,妥协地将烟塞回兜里:"行。"

他不急着走,而是靠在收银台前,朝着店里扫视了一圈:"每天都上到这个时候?"

"不是,平时都是下午的班,今天同事有事换了一下。"周亦澄照实回答,又反问他,"你呢?来这边玩吗?"

"嗯,朋友在上面玩,我下来透气。"

"这样啊……"

……

裴折聿没有要回去的意思,两人有一搭没一搭聊了会儿。

这次离得近,周亦澄虽有些无所适从,但也终于有机会好好打量一番眼前的人。

他好像长高了点,肩也宽了些,眉眼间虽尚存少年意气的桀骜,但却多了几分内敛的沉稳。

既冷感,又带着点孑然一身的倦懒。

鬼使神差地,周亦澄想到了一个不太合时宜的问题。

她踮踮脚,在话题转到高中的时候,故作轻松地问:"那你和陆舒颜呢,现在怎么样了?"

裴折聿表情飞快地凝滞了下,语调云淡风轻:"分了。"

"噢……"

是能猜到的答案。

裴折聿不想多说,周亦澄也没再继续问。

想了想,她折身从一边的锅里捞出几串关东煮,推到他面前:

"不嫌弃的话，算我请你，谢谢你上次送我的糖。"

裴折聿掀了掀眼皮，似是在回想这事儿，半晌笑了声："跟我客气什么。"

周亦澄抿着唇跟着笑笑，没应声。

手机提示音响起，裴折聿咬着鱼丸串摸出手机看了眼消息，隔着玻璃往便利店外头望过去："他们在找我，先走了？"

周亦澄点点头："再见。"

话音刚落，眼前横过来一道手机屏幕的亮光。

是微信二维码的界面。

"就说总觉得忘了点儿什么，"裴折聿指尖点了下屏幕，慢悠悠说，"之前QQ那个号蛮久不用了，加个微信？"

"不用了？"周亦澄诧异地脱口而出，"那同学……"

"本来就没什么联系，就都没说这事。"裴折聿嘴里咬着鱼丸，有些含混不清地说。

他的眸色由于背光显得更深了些，说到这里的时候，眼底没什么情绪，只是在阐述一件很平常的事。

他好像一直都是这样，看似来者不拒，和谁都能玩得很好，偏又淡漠凉薄得过分，无论做什么，都像个隔岸观火的看客。

周亦澄想到了自己之前发过去那句没有得到回应的"谢谢"，心下了然。

裴折聿微信的头像昵称还是万年不变的黑白色调和一个句号。

周亦澄发验证消息过去的时候，对面屏幕顶端的消息框连续闪了好几下。

裴折聿拿起手机翻了翻，留了一句"再见"便匆匆转身。

玻璃门那边的感应播报认不清人是出去还是进来，又突兀地响起一声"欢迎光临"。

周亦澄目送他离开。

玻璃门上反射的光有点儿晃眼，裴折聿一踏出店门，背影便看不太真切。

暖黄色的光圈摇曳，像是在心底余烬里重燃的星点火焰。

一门之隔的路边。

裴折聿刚走出来，就看见一辆打着双闪的车停在视线正前方。

他径直开门坐进去，听见一声瓮声瓮气的"嘿"。

车内暖气很快将从外面侵入的短暂寒意消融，裴折聿睨一眼驾驶座上的人："不是有什么急事吗，这会儿怎么又不说了？"

"这不是怕车停这儿招交警吗？"杨宇尧一脸阳光灿烂，"你再晚点来，万一交罚单怎么办？"

裴折聿气笑了："所以这就是你催命的理由？"

"下次还敢。"杨宇尧丝毫不怕，启动车子的时候，瞅见他手里装关东煮的纸碗，有些惊奇，"难得见你买这些东西吃，怎么突然转性了？"

"朋友送的。"裴折聿言简意赅。

"朋友？你那群朋友也不像是会送这些的啊……"

杨宇尧嘀咕两句，伸头朝着便利店看过去，当隔着玻璃看清店里站着的人时，眼睛蓦地睁大："周亦澄是你朋友？"

裴折聿挑眉："你认识？"

杨宇尧表情有一瞬的不好意思，低了下头，打着方向盘："……

不瞒你说,我在追她。"

"嗯?"

杨宇尧轻咳一声:"就是没啥进展,大半年了,连个接触的机会都没有。"

裴折聿顿时乐了:"所以因为觉得太丢脸,大半年也没敢跟我说?"

"裴哥,你就别笑话我了。"杨宇尧见他这样,苦着一张脸,"像你这样战无不胜的人是根本无法理解这种苦的。"

"你也别瞎编派我,"裴折聿不紧不慢道,一句话把人戳破,"你噼里啪啦说那么一大通,不就是想让我帮忙牵个线?"

"啊?"

杨宇尧蒙了一下,一开始还想装傻,在对上裴折聿悠悠的眼神后,立马泄了气:"还是裴哥懂我……"他突然捕捉到话里的意思,猛一转头,"所以,你这是答应了?"

"好好开车。"裴折聿把人脑袋扳正,懒洋洋道,"我和她也算不上很熟,你别抱太大希望。"

算是默认。

杨宇尧一个激动,当即声如洪钟:"好嘞,谢谢裴哥!大恩大德无以为报,唯有来世做牛做马——"

"成了请我吃顿饭。"

裴折聿对这件事不算上心,随口打断了对方的喋喋不休,摸出根烟。

光影明灭,烟雾缭绕在眼前,他无端想起了刚才那个纤细素净的身影。

和她眼底藏着的，如雾霭般尚不明晰的情绪。

良久后，他很轻地合了合眼，点开和周亦澄的聊天界面：

【下周末一起吃个饭？】

那边"对方正在输入……"的状态持续了好一会儿，才回过来短短的一句话。

【可以呀。】

几秒后，第二句弹出来。

【还有别人吗？】

裴折聿不动声色地看了杨宇尧一眼，打消了方才的念头。

不能操之过急。

他垂眸，手指在键盘上游移一阵。

【没有了。】

【只有我们两个。】


周四没课，外边天寒地冻，寝室里的暖气像是激化了怠惰的细胞，室内一片令人昏昏欲睡的悄静，只偶尔响起一点零食包装的摩擦声。

一道敲门声打破气氛，江雨心摘下耳机，第一个跳起来去开门，看见门外人抱着的层层叠叠的快递盒，忙过去分担了一小半，愧疚道："居然有这么多吗？早知道我和你一起去了。"

"没事，也不重。"

周亦澄把东西放下来，清点了一阵，两个人各自分走快递，江雨心才发现周亦澄那边占了一大半，不由得"欸"了一声："都买了什么啊那么多？记得你平时都不网购的来着？"

"一些衣服化妆品之类的吧。"周亦澄含含糊糊地回答。

不想江雨心听到又惊了："第一次见你买化妆品欸！怎么突然转性啦？"

从大一开学直到现在，她们几乎都没见周亦澄打扮过自己，永远是一副朴素的模样，桌架上一年四季除了一瓶宝宝霜，就连护肤品都没个影儿，理由是不会化妆也没那个时间浪费，为此江雨心还曾经扼腕叹息过，白瞎了她那一副好相貌。

周亦澄轻咳一声："就是想试试。"

"明白！"江雨心笑眯眯地权当她开了窍，转头就招呼另外两个女孩子一起帮着拆包装。

四个姑娘围着快递坐在寝室中间柔软的地毯上，叽叽喳喳地闹开了花。

中间周亦澄感觉到手边的手机振动了一下，偏过头去点开消息。

裴折聿：【那就周六晚上六点见？】

附带一个餐厅的分享链接。

周亦澄捏着手机的手紧了紧，期待感伴随着心脏的"怦怦"直响不断敲击神经。

她回过去一个"好"字，指尖小心地挪了挪将页面向上滑动了一下。

视线穿过简单的几句商量，停在周末晚上的那条消息上。

【没有了。】

【只有我们两个。】

——只有我们两个。

不知道重复看过多少遍，心跳却再一次加速。

"澄澄，这个腮红好像有点碎了……"

周亦澄迅速放下手机："嗯？"

"你记得跟商家说一下……"卓琳晃了晃手里的腮红，观察她的眼神忽然带了点儿探究，"你先把外套脱了吧，脸那么红了。"

"啊，是吗？"周亦澄顺势起身，把外套脱了挂在椅子上，随手捏了捏发烫的耳垂，极为自然的模样。

高三那整整一年的暗恋，足以让她将"不动声色"这件事，练习得炉火纯青。

周六下午，室友们还在午睡，周亦澄轻手轻脚地下床，借着桌上的小灯摸索着化妆。

犹豫许久，她还是只薄薄上了一层底妆，然后盯着桌上的好几支口红发呆。

当初买的时候她拿不准哪个色号更适合，干脆买了好几个色准备试试再说，结果到现在还是一样拿不准。

江雨心打着哈欠下床，转头就瞧见这一幕，歪头问："要出门吗？"

"嗯。"刚好给了周亦澄抓壮丁的机会，她指指桌面，"帮我选选哪个色比较好？"

江雨心踱步过来，一个一个打开看了看，选了两支出来："这两个吧，这个奶茶色的比较适合冬天，另一个挺嫩的，要是去约会的话可以试试。"

约会。

周亦澄眼神微闪，拿奶茶色的草草涂上。

望着镜子里的自己比平时多了几抹色彩的脸，她伸出食指抵住嘴角，抵出一个很浅的弧度。

开门时，她扭头往桌面上瞥了一眼，反身拿走了另一个颜色。

五点半，周亦澄提前到了约定的目的地，在餐厅门口踌躇了会儿，给裴折聿发消息。

那边似乎很惊讶：【这么早？】

周亦澄自知来得确实有些早，看了一眼马路对面，刚想让他不着急慢慢过来，就注意到一个身影从路边停着的车里走出来。

标志性的黑衣黑裤，肩宽腿长。

男人走近时还带着一股淡淡的烟草味，合着风雪将她短暂覆盖。

见到她，裴折聿眼尾勾出一丝笑："那就早点儿进去？"

周亦澄点点头。

两个人约的餐厅是个挺小众艺术风格的西餐厅，里面的摆设没有那么华丽，胜在简约舒适。

……

对面坐着在意的人，周亦澄做什么都有些束手束脚，就连点菜都因为不敢露怯，全程交给了裴折聿。

倒是裴折聿像个没事人一样，偶尔低声帮她介绍。

这家的餐食摆盘精巧，但味道只能算得上一般，大概也因为这个，男人面前的东西几乎没怎么动过，吃到一半，懒怠地耷拉着眼皮："下次有空的话，请你去另一家，那家不错。"

"嗯。"

周亦澄把叉子刚好咬在嘴里，含混点头。

把叉子放下的时候，正好感受到对面坐着的人目光落在自己身上，她下意识迟疑片刻，看向他："怎么了？"

裴折聿淡淡勾起的嘴角深了几分："没怎么，口红颜色很好看。"

他只轻描淡写地从她唇上扫过一眼便收了眼神，说出来的话偏就认真。

周亦澄清楚那是他平日习惯的待人方式，想要低头的动作生生被自己控制住，小声说："谢谢。"

"还是和以前一样，不爱说话。"

裴折聿笑了笑，手撑着下颌："在大学过得怎么样，还有人欺负你吗？"

周亦澄摇头："同学、室友都挺好的。"

"那就行。"

知道小姑娘性子内敛，裴折聿语速都跟着慢下来了些，看着她说完话，指尖无措地碰了碰餐前酒的酒杯，又收回来，慢吞吞地捧起柠檬水的杯子，小口小口抿着喝。

像只受惊的兔子。

不知为什么，裴折聿脑中冒出了这样一个有点好笑的念头。

注意到周亦澄手边的手机亮起来了许久她也没有要动的意思，他好心提醒："有人给你打电话。"

周亦澄开了静音，闻言这才发觉，"啊"了一声，歉意地起身："那我去接个电话。"

电话是魏宇灵打来的，问她寄过去的东西收到了没有。周亦澄听她细细碎碎又叮嘱了许多诸如小心着凉一类的话，一边乖巧应答着，一边慢慢穿过走廊。

安静的走廊尽头是卫生间，周亦澄挂断电话后，没有选择转身回去，而是走到镜子前，从兜里拿出带的口红。

她凑在镜子前细细补好色，用食指往唇瓣上点了点，柔和的淡粉色便晕开在指尖。

真的很好看。

两指碾开那一抹淡色，周亦澄嘴角无意识地翘起，像是偷吃到糖果的小孩儿。

回到包间时，周亦澄见裴折聿已经撂下餐具，弓着背斜靠在椅背上，像是兴致缺缺地在玩手机，于是问："我先去结账？"

裴折聿闻声慢慢抬眼，没立刻接话。

安静了一会儿，他动了动手臂，看起来有些费力地坐直，声音里带点喘："……可以稍等一下吗？"

周亦澄敏锐地听出他声音里的不对劲，反应慢了一拍，紧张地靠近两步："怎么了？"

男人一只手盖在腹部的位置，眼睫之下打出淡淡的阴翳，透着一种血色全无的苍白，语调却落得轻巧："没事，昨晚酒喝多了，今天还有点犯胃病。"

周亦澄被他不当回事的语气噎了下，眉头微皱，有些着急："胃病不能拖，那现在去医院？"

"不用，"裴折聿像是安慰她一般带了点笑，哑着声，"死不了。"

说完，他就又闷哼了一声，很轻，但在这时却一下拨动了周亦澄紧绷的神经。

"不去医院你怎么知道严不严重。"周亦澄没法忽视他这副虚弱的模样，见他还是那样浑不在意，顾不得那么多，直接快步走到他身边，作势要去扶他，"附近就有个医院，我带你去。"

"我自己的身体我自己清楚……"

裴折聿说话还带着吊儿郎当的意味，说话间视线随意从被揪起的袖口上移开，顷刻便对上了小姑娘一双执拗的眸子。

清凌凌的，闪着坚定的光，纤长的眼睫随着呼吸微颤，眼尾因焦急而染上薄红，像是快哭了的样子。

这还是他第一次看见周亦澄有那样鲜明的情绪。

那双眸子静静与他对视两秒，眨了眨，分毫不让。

两秒后，裴折聿轻叹一声，妥协："走吧，去医院。"

周亦澄松了一口气，肩膀脱力耷拉。

她刚想站起来，下一瞬，却倏然感觉到肩膀上轻轻地压了一道力。

男人身上的烟草味早已散去，取而代之的是一种清冽好闻的气息，随着温度的贴近缓慢覆上鼻尖。

"可能需要麻烦你一下了。"裴折聿微扶着她的肩膀，低低笑道。

男人掌心的温度像是能透过衣料熨帖至皮肤，周亦澄触电似的挺直脊背，发出一声细小的气音。

"……好。"

太近了。

近到她几乎以为,他下一秒就会抱住她。

最近的医院只需要走几步路就能到。

一出店门,温差便劈头盖脸地将冷意送上。

等红绿灯时,周亦澄被风吹得小幅度打了个喷嚏,加快了往前的脚步。

"冷吗?"身后的人问。

周亦澄摇头:"还好。"

风一起便止不住,周亦澄原本被围巾压着的发丝经风一吹拂到了脸上,痒痒的。

她满脑子都是要快一点去医院,低头整理鬓发时,看见旁边几个人抬脚往前走,便以为亮了绿灯,快步跟着往前。

却在这时被人拎着后领向后一拉,骤然失了平衡。

眼前画面短暂的天旋地转后,那只手重新落回了她的肩上。

"还是红灯。"

对面的红色指示灯还没有变化,周亦澄错愕片刻,向后退了一步。

她回头,裴折聿仍镇定自若地看向前方,散漫着声线:"这么着急干什么?"

周亦澄抿抿唇,仰头看向他仍未见血色的脸,做错了事般:"……怕你坚持不住。"

裴折聿微怔,而后低下眸,无奈道:"真没那么严重,拉住你的力气还是有的。"

"……哦。"

周亦澄低下头,欲盖弥彰地朝手上哈气。

呼出的白雾拢作一团又很快弥散,女孩儿干净柔和的侧脸映在单调的背景之中。

随着她的动作,颊侧的碎发卷起漂亮的弧度贴在唇边,唇上的颜色比之前浅淡了几分,却更显清透晶莹,给冬日萧瑟的景象添了几分鲜活。

就连她如雾的眼底压抑着的情绪,似乎都有了些许明晰,望向指示灯时,亮点与眸中光芒辉映,闪着亮晶晶的东西。

裴折聿缓慢收回视线,没来由地,忽然有点想拨开那道迷雾,探究清楚那是怎样的一种情绪。

指示灯终于由红变绿,周亦澄在前迈开步子,不时向后方轻瞥一眼。

裴折聿手搭在她的肩头,借着身高优势,不紧不慢地与她保持着同样的速度,也在观察她因为走神而显得有些笨拙的走路姿势。

风声将他们包围,在呼啸之中,周亦澄突然听见裴折聿唤她:"周亦澄。"

她有些疑惑地转头:"怎么了?"

裴折聿淡声开口:"之前相处这么久,还是第一次见到你有这么倔的一面。"

"……"

周亦澄脚步放慢,呼吸微滞,顷刻间有一种被看穿的慌乱。

她正想解释点什么,却见男人舒展了眉眼,眼尾勾起的弧度轻佻，带点笑意一字一顿地开口——

"还挺可爱的。"

……

"怦！"

"怦！"

风声之外，她听见了另一个聒噪的声音。

他总是这样。

一个不经意的动作，一个游刃有余的玩笑，偏偏就能引得她一而再再而三地沦陷。

不受控制，义无反顾。


在医院检查的结果不算差，问题不小也不大，没严重到需要住院的地步，但也开了不少药。

周亦澄放心不下裴折聿，送他到了寝室楼下，才与他挥手道别。

目送裴折聿上楼后，她拍了拍脸，站在寝室楼下清醒了会儿。

——像梦一样。

待到耳郭传来的热度逐渐消下去，她拿出手机看时间，屏幕上刚好弹出一条新消息。

来自裴折聿。

裴折聿：【外边天冷，快回寝室。】

周亦澄怔松了一下，抬头扫过楼里亮着的一扇扇窗。

手机在这时又振动了下。

裴折聿：【不用找我，早点休息。】

周亦澄："……"

直到楼下身影消失在视野范围内，裴折聿才摁灭手机，淡着脸色将窗帘重新拉开。

刚才在一旁一直扒着窗帘缝往外瞅的男生立刻探出头去，过了会儿长叹一口气，控诉："连妹子都不让我们看，老裴你怎么回事，怕我们看上啊？"

裴折聿嗤笑一声："那姑娘胆子小，万一你们这群禽兽把人吓着了怎么办？"

"……不是吧？就看一眼而已，你怎么那么严格啊？"文鸿力闻言一脸伤心欲绝的表情，"还这样骂我们，我的心好痛……"

裴折聿挑眉："怎么？"

"没怎么，没怎么。"文鸿力当即表演一个变脸，笑呵呵道，"难得见你对一个姑娘那么上心，这是终于打算出手了？"

"……别瞎猜，高中同学，比较熟悉而已。"

裴折聿说到这儿时顿了顿，而后垂下眼睑，淡笑了声。

"也就是帮兄弟打探个情况，要真看上了，我还能等到现在？"

从东区寝室走回自己的寝室，中间还要走上一小段路。

冬日晚间，学校里没什么人，道路两旁只有零零星星几家还开着的店。

路有点滑，周亦澄靠着内侧走得很慢，却不想因为一直低着头，迎面撞上了个人。

她小声说完抱歉，刚想绕开，就听见对方唤她。

"周亦澄？"

杨宇尧手里揣着两杯奶茶，看见她，有些匆忙地呵呵笑了两声：

"没想到这么晚了还能在这儿遇见你。"

"啊……"周亦澄张张嘴,还没说出什么话,怀里就被塞了杯奶茶。

"这家店晚上买一送一,我正愁一个人喝不完两杯。"杨宇尧见她一副又要拒绝的模样,忙道,"你不要的话,我也找不到别的人送,只能浪费了。"

周亦澄顾虑了一下,推拒的动作停在半空:"那就谢谢了。"

杨宇尧满意地笑起来,不由分说地站到她身边:"这才对嘛,我送你回去。"

"……"

回去的路上,周亦澄没喝奶茶,而是捧在手里暖手。

杨宇尧有意打开话题,东拉西扯了一番后,像是无意地提起:"听裴折聿说,你和他是高中同学?"

"啊……是的。"周亦澄有点没反应过来,"怎么了?"

"这么巧。"杨宇尧笑意扩得更大,"他应该没有和你提起过,我和他是好兄弟吧?"

"欸?"

"刚上大学那会儿认识的,之前在一个俱乐部玩。"看见周亦澄意外的表情,杨宇尧语气里带了点炫耀,"那会儿他和他女朋友分了,我还帮他介绍了几个姑娘——"

周亦澄捏住奶茶杯的手一紧,追问:"然后呢?"

"就没有然后了啊。"杨宇尧说得起劲,没注意到周亦澄忽然有些变化的情绪,"我怀疑他根本就不懂爱,据说他那个女朋友就是因为他太冷淡,才闹了分手。"

"太冷淡？"周亦澄眉心一动，"可是，他不是对她很好吗？"

她明明记得，他当时对陆舒颜那么宠，再怎么说也算不上冷淡。

"所以才说他不懂爱嘛，"杨宇尧说道，"表面上看起来很宠，好男友该做的都面面俱到有求必应是吧？其实那都是因为不在意，你问他对方生日他可能都记不得，感觉他谈恋爱就是随便寻个乐子。"

"啊……"

她没想到，时至今日，以前她亲眼见证的故事，居然还能再听到另一个版本。

"是啊，亏得还有那么多姑娘扑上去，这人就没有心，老渣男了。"

杨宇尧似羡慕嫉妒地对天叹口气，扭头看着周亦澄，用一种玩笑的口吻掉转了话锋："不过话说回来，我还挺好奇，像你这样的性子，又是怎么和裴折聿那么熟悉的？不会那会儿也喜欢他吧？"

猝不及防的问题丢过来，周亦澄呼吸紊乱了一瞬，把已经慢慢降下温来的奶茶杯捏得有点变了形："……我和他做了挺久的同桌。"

"原来是这样。"

杨宇尧点点头，表示了解。

却在余光落到她紧张而僵硬的手指上时，他微微一愣，又缓慢地浮上了些若有所思。

送周亦澄到寝室楼下，待到人消失在视线范围，他接到了一个电话。

那边裴折聿懒洋洋的声音传过来:"和人碰上了没?"

杨宇尧笑:"碰到了,已经把她送回寝室了,谢谢裴哥啊。"

"那就行。"

裴折聿没再说什么,便挂断了电话。

泽城的冬天比起津市不知道要冷多少。

十二月初的时候,江雨心便开始在寝室里号着想吃火锅,连续号了好几天后,成功地让整个寝室都念起了火锅。

原本火锅底料和菜都买好了,就等一个清闲的晚上架锅开火,却不想好好的计划败于查寝,江雨心新买的锅惨遭没收,还差点背了处分。

无奈之下,只能出去吃。

于是江雨心秉着"出去吃就要吃好的"的理念,挑了半天,才终于选定了一家最近挺火的店。

周亦澄那天有排班,不和寝室其他人一起行动,下了班便跟着导航的指引朝火锅店动身。

到达目的地的时候,正巧赶上约定的时间,寝室里其他几个人都已经到了,在群里催促她。

这家店不像一般火锅店的模样,大厅和前台被一扇门分隔得严严实实,进来时周遭静悄悄的,周亦澄一进店,便有服务员上前询问。

江雨心订的是二楼包间,周亦澄说给服务员听后,对方似是立刻会意,笑容满面地将她引上了楼。

二楼比一楼更安静,走廊无人,只有在靠近包间门口的时候,才能听见自门内传来的声音。江雨心定的208号包间在走廊最尽头，周亦澄一边走，一边低头在群里发消息说自己到门口了。

却在靠近208号包间门时，听见了从里面隐约传来的几道陌生的男声。

"就一杯而已，怎么还要推拒？"

"小裴这是不准备给几个叔叔面子了？"

"哈哈哈！哪能呢？小聿，赶紧喝了这杯，给你几个叔叔赔个不是——"

……

周亦澄顿觉不对，刚想出声阻止服务员开门的动作，却见对方已经敲过三下门，压下了门把手。

动静响起的那一刻，门内的声音还未停下，直到周亦澄的身影出现在众人面前时，才有了短时间的安静。

里面坐着一群全然陌生的中年人，都齐刷刷地看向了她。

糟糕。

周亦澄被一群人的视线盯得头皮发麻，大脑一片空白，想也没想便脱口而出一句"对不起"，抬手去关门。

与此同时，她似有所感，偷眼又朝那桌人中间看了一眼，眸瞳猛地一颤——

她没想到，会在这里碰见裴折聿。

裴折聿坐在一群与他年龄不符的人中间，显得清瘦而干净。

他没有看过来，而是低着头，把玩着自己手里的酒杯，袖子挽起一点，腕骨冷感而利落。

说不上来的，周亦澄觉得他好像和平时见到的模样有些不同。

冷漠、锋利、沉寂，像一座孤岛，更像冰冷不见底的深渊。

倏忽间，她想起了高中时的那个雨夜，隐在昏暗灯光中的那双眼。

……

裴折聿应该是看到了她，但是没有看过来，而是不紧不慢地举了举杯，仰头将杯中酒液一饮而尽，像是在向她致意。

轻肆而颓然。

这是包间的门被关上前，周亦澄看到的最后一幕。

门被关好，周亦澄抱歉地跟服务员道了歉，让她暂时不用管她后，有些脱力地靠在墙边。等待因慌乱而狂跳的心脏恢复正常频率的中途，她摁开手机，才发现里面已经攒了几条寝室小群的消息。

江雨心：【你在哪儿？我开门没看见你欸。】

江雨心：【不是说到了吗？】

江雨心：【……等等，周亦澄你是不是走错地方了？】

周亦澄打字回：【再把定位发我一下。】

点开江雨心发过来的定位后，她沉默了一下。

确实走错了。

她就说这里怎么不像火锅店，原来确实不是火锅店。

两家店的名字一模一样，她在导航软件里搜的时候，根本没有注意那么多。

但凡能多注意一点，也不至于落得这样尴尬的地步。

也不知道是不是因为这事儿闹得心不在焉，吃火锅的时候，周亦澄的手腕被锅边烫了两下，回寝室的时候，又被门上翘起来的一块小铁片划了道有些深的口子。

刺痛感自指腹传来，周亦澄吃痛，盯着鲜血汩汩从伤口流出。

江雨心吃撑了瘫在椅子上，看周亦澄站着不动，有气无力地问："怎么不关门呀？"

"马上，"周亦澄看了眼铁片上的锈迹，从自己桌上抽走两张纸，"我再出去一趟。"

校医院这会儿还没有休息，处理好伤口打完破伤风后，周亦澄坐在外面的椅子上，等待观察一个小时。

晚上的校医院空空荡荡的，她低头，看着包裹的纱布外面渗出一点点血便停住，想起刚才医生给她处理伤口时的动作，忍不住又轻"嘶"一声。

"很疼吗？"

黑色的阴影覆在身前，周亦澄猛一抬头，发现是裴折聿。

他换了身衣服，没有之前饭桌上那么正式，手里捏着几盒药，垂眸看了看她抱着纱布的手，又看向她。

"……不太疼，"周亦澄摇摇头，也茫然地看着他，"你怎么也在这里，是来拿药的吗？"

"别一副'怎么又是你'的反应啊，这样会显得我很没面子。"裴折聿单手扶额，无奈道，"不过我确实是来拿药的。"

"还是胃药吗？"

"嗯。"

裴折聿在她身边坐下，侧头笑问："你呢？之前没见你手上有伤,刚弄的?"

"……被门划了一下。"周亦澄耳朵红了红,闻到他身上被清冽气息掩盖住的淡淡酒味,想起了在门外时听见的那些乱哄哄的对话,有些担忧地问,"他们是不是让你喝了很多酒?"

裴折聿抬了抬下颌,淡声答:"还好,习惯了。"

周亦澄不清楚情况,所以没敢多问,但也能感觉到他并不开心,沉默地坐直身子,不知道该怎么办才好。

长椅突然晃动两下,她见裴折聿一下转过身去,弓着背,平直的肩膀微微耸动。

周亦澄微惊,怕他栽倒,小心翼翼挪到他身边,扶住他的肩:"吃了药还没好吗?"

"只是还有点想吐,"裴折聿如墨的眼尾沾了点微红,面色平淡地坐起,"不过今天一口饭也没吃,也吐不出什么来。"

他挺直脊背,脑袋半靠着墙,吊儿郎当道:"也是难为你了,每次见到我我都是这副样子。"

周亦澄沉默了会儿,手指搭在椅面上,不自觉地轻敲两下。

正当画面陷入安静的时候,她突然说了句:"旁边有家粥店,我去给你买点粥回来。"

话音刚落,她还没来得及起身,就被人摁着肩膀被迫坐了回来。

"外面冰天雪地的,没必要麻烦你专门为我跑一趟,"裴折聿手上没用什么力,虚虚地悬在半空,像是终于有力气开玩笑了般,"我有手有脚,又不是不能自己去买。"

"噢……"周亦澄听他这么说,还是放心不下,"那你待会儿一定要去买,吃点东西垫垫肚子,才不会那么难受。"

"知道了。"

"一定要去买。"

"好。"

周亦澄强调："最好问问有没有小米粥……"

"行。"

小姑娘语速不慢，说话时眼底的情绪跳动着，纯净而诚恳。

裴折聿不是个喜欢听别人叮嘱的人，但这会儿饶有兴致地听着她喋喋不休，竟然不觉得厌烦。

"……待会儿如果条件允许的话还是就在店里吃比较好……"

感觉到对方的视线一直停留在自己的脸上，周亦澄闭了闭嘴，有些不安："是我话太多了吗？抱歉……"

"没有。"裴折聿勾了勾唇，忽然从衣兜里掏出了什么朝她扔过来。

周亦澄下意识接住。

打开手掌，发现是一颗菠萝味的水果糖。

"刚才说的都记清楚了，"裴折聿仍懒懒地靠着椅背，笑里带了点儿戏谑，不紧不慢地拖着嗓音，"小周老师，有没有人告诉过你，你的声音很好听？"

## 第五章
### 不要再**喜欢他**了

回寝室的时候,寝室里的三个人正凑在一块儿聊天。

江雨心开门的时候就注意到了周亦澄包得跟萝卜似的手指,惊讶地问:"你怎么伤到了?"

周亦澄弯着唇,温软着声音说:"之前被门划的。"

"哦,我就说你刚才咋突然要出去。"江雨心努努嘴,冲她脸左看右看,"怎么你受个伤看起来还挺高兴的?不知道的还以为你出去约会了呢。"

周亦澄笑了笑没答,坐回自己的位子上,从衣兜里摸出糖。

金黄色的剔透糖果被同样透明的糖纸包裹住,糖纸表面隐约反射出五颜六色的光,拆开包装纸,糖果表面被体温微微融化,与包装纸分离时带点黏稠的感觉。

她把糖送进嘴里,甜津津的味道缓慢化开。

她又想到了那天他托人送她的那一小袋金平糖。

他好像很喜欢送她糖。

怎么跟哄小孩儿似的。

……

"小周老师。"

"有没有人告诉过你,你的声音很好听?"

男人微勾着的声音像是近在咫尺,周亦澄趴在桌面上,缓慢把脸埋进臂弯里,发出意义不明的细小呜咽。

明明他的声音,要更好听一点。

像是回应心里的想法,周亦澄洗漱收拾完回来,刚躺上床,便感觉到攥在手里的手机振动起来。

是一个她没有存过的号码。

她眨眨眼,用一种公式化的语气接通:"你好?请问有什么事吗?"

"回寝室了吗?"

脑中回想了一万次的声音此时化作实质,骤然响在耳际。

简单几个字,低沉懒倦,带着轻微失真的颗粒感,仿佛凑在耳边的呢喃,勾得人心痒。

周亦澄手机险些没拿稳,心脏重重一击,气息不太稳:"回了的。"

"那就行,"裴折聿笑了声,"差点儿以为你出了什么事。"

"……欸?"

"给你发了那么多条消息,一条也没回。"

"……"

周亦澄退出通话页面看了眼微信,沉默了下,重新将听筒贴在耳边:"抱歉,刚才去洗漱了,没看到。"

"没事。"裴折聿说,"圣诞节出来玩吗?"

"圣诞节……"周亦澄被这个话题的跨度噎了一下,"去哪儿?"

"平安路那边的天主教堂,"裴折聿解释道,"和几个朋友一起,去不去?"

周亦澄迟疑地问:"几个朋友?"

听出周亦澄的顾虑,裴折聿语气放缓:"嗯,性格都挺好。"

他说:"有我陪着,你不用害怕。"

男人的嗓音像是带着什么特殊的魔力,耐心时带着一种若有似无的缱绻意味。

周亦澄嗫嚅了两下,鬼使神差应下来:"好。"

挂断电话,周亦澄深吸一口气,突然抱住身旁厚厚的棉被,一不小心没控制住力道,弄到了伤口,她又轻"嘶"一声,睁着眼一动不动地出神。

圣诞节。

带她去见,他的朋友。

有点紧张。


平安夜当天。

上完下午的课,三点钟,寝室里的三个人便整装待发,走时不忘再问一次周亦澄要不要一起去。

周亦澄笑着婉拒,被江雨心塞了个苹果。

直到天色渐晚,她看了看时间,才拿起小包,步出寝室。

平安路离大学城很近,天主教堂外面今天格外拥挤,雪薄薄地下了一层,周亦澄下车的时候差点儿滑了一跤,刚站直身子便从人群中一眼看见裴折聿憋着笑走过来的身影。

她红了红脸,轻轻拍走衣角上蹭到的雪。

裴折聿没说什么,噙着笑朝她伸了伸胳膊示意:"站不稳就扶着我。"

周亦澄犹豫一下,小心地轻轻拽住他袖子的一角。

跟着裴折聿走到约定好的星巴克门口,那边已经来了好几个人,还有一个熟人。

杨宇尧几乎是在看见周亦澄的第一刻便朝她挥手,笑道:"原来裴折聿说的朋友是你啊。"

周亦澄总觉得他的语调怪怪的,有种刻意的感觉,但她也没多想,点了点头,冲他抿唇笑笑。

裴折聿的朋友如他所说的都很热情,裴折聿刚简单介绍完,一群人便七嘴八舌地围着周亦澄聊起来。

"妹子多大啦?哪个院的?"

"估计是和杨仔一个院的吧,你说是吧杨仔?"

"还是头一回见裴哥带妹子出来,你们什么关系呀?"

……

周亦澄不擅交际,不太能应付得来集体性的热情,一时不知道该怎么才能答得上话,还是一旁的杨宇尧及时开口解了围。

"就是高中同学,关系挺好的普通朋友,别瞎猜。"杨宇尧说着,朝裴折聿丢去一个眼色,"你说是吧,裴哥?"

裴折聿点点头,摸出根烟叼嘴里,神色松懒:"消停点儿,别吓着人家。"

"知道了,知道了……"

大家也都知道分寸，说笑两句便不再继续。

圣诞节的街道被布置得很漂亮，一行人跟着人群朝活动的广场走，人潮涌动，周亦澄怕跌倒，始终牵着裴折聿的袖子。

偶尔有雪稀稀拉拉落下来，沾上发丝后很快融化不见。

教堂外的活动广场到处都是卖各种小玩意儿的摊贩，东西无外乎就那几样，价格还是平日里的两三倍，但毕竟过节就是图个气氛，大家还是兴致勃勃买了一堆。

周亦澄没要买的意思，走着走着就被裴折聿塞了一瓶飞雪。

她看着他。

裴折聿也明知故问地看她："看我做什么？别人有的，不得给你准备一个？"

周亦澄"噢"了一声，低头默默打开瓶盖，对着前面喷，刚开始两下没能喷出来，她较劲似的又摇晃几下，却不想第二次喷口对反，猝不及防喷了自己一头一脸的白沫。

"……"

周亦澄"哎呀"一声，手忙脚乱去拍，然而那白沫不像雪，半化不化地黏了她一身，一时间显得整个人颇为狼狈。

目睹了全程的裴折聿一个没忍住，在边上笑得颇为放肆，但不忘拿纸帮她拂去脸上的脏污。

"……不要笑。"周亦澄别过脸，声音没什么底气。

"好，不笑。"裴折聿虽然嘴上这么说，但肩膀还在抖。

周亦澄有点儿羞恼，半威胁地把瓶子对准他。

裴折聿睨她一眼，轻巧地直接从她手里抽走，举高，好整以暇的模样。

周亦澄下意识地去够，却因身高的差距怎么也够不着。

她尝试着踮起脚，突然脚底一滑，没稳住直直向前倾去——

裴折聿眼明手快地捏住她的手臂，帮她稳住身形，感觉到胸口浅浅的撞击力度，喉间溢出一声闷哼。

周亦澄很轻，落进他怀里时，下意识攀住他的肩，但就算将小半的体重都压在了他身上，他也几乎感受不到什么重压。

距离骤然拉得极近。

小姑娘身上带着一股很淡的香气，翘起的发丝掠过喉结，挠得人泛痒。

而她本人毫无察觉，又轻轻晃动了一下脑袋。

裴折聿手腕停滞两秒，便感觉到怀里的人触电般飞速挣扎着站直。

贴近的温度转瞬即逝，他不着痕迹地松开五指，将瓶子还给她。

"……抱歉。"周亦澄咬咬唇，声音带了点沮丧，"我又没站稳。"

"不要老道歉，你没做错什么。"裴折聿像是什么也没发生过一般，极为自然地抬头看了眼其他人所在的方位，朝她抬手，"说过的，站不稳就拉着我。"

周亦澄怔忪片刻，然后试探着，重新捏住了他的袖子，走向人群。

广场不大，众人玩一会儿便腻了，聚在一起商量着要不要转移阵地。

有人提议去 KTV，立刻受到大家的一致同意。

周亦澄不太想去，刚想偷偷跟裴折聿说一声，便听见杨宇尧主动问她："亦澄，要一起吗？"

"啊……"

盯着对方殷殷期望的表情，周亦澄有些为难，但还是推拒道："算了吧，我要不先回去了？"

"可是这会儿打车很麻烦吧？"杨宇尧劝道，"我们也就玩一会儿，到时候一起回学校不就行了？"

周亦澄有些犹豫，转眸看向裴折聿。

人在需要做出选择的时候，会更倾向于跟随更为信任的人。

裴折聿坐她旁边，不着痕迹地与杨宇尧对视一眼，似笑非笑："再玩会儿？"

"……"

周亦澄轻轻"嗯"了声。

包厢里的音量开得很大，周亦澄很少来这样的地方，耳朵被震得有些受不了，捧着果汁坐在角落里发呆。

前面桌上摆着满满的酒瓶，灯光交错间，一群人换着花样玩她根本没听说过的游戏，不时爆发出一阵更嘈杂的哄笑。周亦澄看着他们说喝就喝根本不带犹豫，连带着自己的胃都隐隐作痛。

裴折聿游刃有余地坐在人群中央，手里捏着根烟，笑起来一副兴致缺缺的模样，斑斓的彩色灯光在脸上流转，却越发显出种冷色调的白。

星火明灭间，有人想给他倒酒，被他一个淡淡的眼神制止。

周亦澄轻舒一口气。

手里杯子因碰撞发出清脆声响,身边有个人径直坐下。

她收回视线朝身侧看去,再一次对上杨宇尧的笑脸。

"不跟他们一起玩吗?"

周亦澄为难地轻拢眉:"我不喝酒的。"

"这样啊——"杨宇尧点头表示理解,又朝她靠近了些。

周亦澄不太习惯和人保持这么近的距离,悄悄挪远。

气氛一时有些尴尬。

"你好像很关心裴折聿?"大约是为了打破僵局,杨宇尧忽然问,"刚才看你一直在观察他。"

被戳中心思,周亦澄差点儿脱口而出否认三连,却又觉得太过明显,最终斟酌着找理由:"之前在医院见到过他犯胃病,怕他喝酒又出什么事。"

"医院?"杨宇尧紧皱起眉,"你生病了?"

"不是,手上受了伤。"

"伤到去医院的地步?"杨宇尧眉头皱得更紧了,抬手便作势要抓住她的手,"很严重吗?让我看看。"

"……没有,已经好了。"

周亦澄把手往回缩了缩,握着的果汁差点儿从杯里溢出来。对方见状,似乎还没有放弃的意思,朝她手腕抓过来。

就在这时,一个高高的女声穿过二人之间:"亦澄!要不要过来一起玩真心话大冒险?"

周亦澄顾不得那么多,得救了般逃也似的放下果汁起身:"可以的,马上过来——"

杨宇尧面上有些挂不住,手伸在半空,表情淡了淡。

大家喝得尽兴,后半场围坐成一圈,找了个空酒瓶放中间。
周亦澄本想降低存在感,默默在旁围观。
然而两轮以后,瓶口精准无比地对准了她的方向。
"……"
大概是运气不好。
愿赌服输,她选真心话。
刚才那个唤她过来的女生想了想,笑眯眯地问:"高中喜欢过几个人?"
周亦澄一愣,便听到周围人半开玩笑道:"这个问题太简单了吧!换一个换一个!"
"裴哥之前都发话让咱们别吓到她,你敢?"女生嗔了句,笑嘻嘻问裴折聿,"你说是吧,裴哥?"
周亦澄也跟着偷眼看过去。
裴折聿没说话,轻抬下颌,掸了掸烟灰,随意地看向她。
周亦澄避过视线,小声说:"……一个。"
"一个?"
杨宇尧适时挤进人圈里坐下,一副感兴趣的模样接话:"现在还喜欢吗?反正大家都不知道,要不要跟我们讲讲?"
周亦澄沉默了下。
"我只用回答一个问题,是吧?"
杨宇尧像只是随口一问,讪讪笑起来:"当然。"
瓶子转起来,几轮后,再一次转到了周亦澄。

怕这一回延续上次的问题，周亦澄选大冒险。

一副卡牌伸到她面前，她谨慎地抽了一张。

"和左手边第三个人拥抱三分钟。"

左数第三个人，赫然是刚才挤进来的杨宇尧。

"好手气！"

"抱一个！抱一个！"

周围人逮住机会开始看热闹起哄，杨宇尧挠了挠头，面上有些不好意思，却没有要推托的意思，主动站起来走向她。

周亦澄见躲不过，只得硬着头皮起身，在心里安慰自己，只是一个简单的拥抱。

却不想，一开始很浅的拥抱后，对方借着黑暗，偷偷将手臂移到了她的腰上。

感觉到腰际不断收紧的力道，周亦澄心头一慌，生理的排斥让她难受得想要挣开，却碍于悬殊的力道只能做无用功。

耳边杨宇尧的声音很无辜，像是在安抚："别紧张，我不会做什么，三分钟就好。"

手上却并没有要放松的意思。

周亦澄浑身写着抗拒，无助地偏过头，望向裴折聿。

男人似乎没有注意到她的求救，眸光浅淡地从她身上扫过去，给自己倒了杯酒。

周亦澄咬咬唇，忽见裴折聿向后靠了靠，不紧不慢出声："杨宇尧，差不多行了，我替她罚一杯。"

"啊？"杨宇尧像是听见了什么玩笑，"裴哥，你逗我呢？不带这样的吧？"

裴折聿将杯里的酒一饮而尽,手背擦过嘴角酒渍,冷冷睨他一眼:"适可而止。"

那道眼神带着很深的压迫感,杨宇尧身子微僵,不甘心却也只得乖乖收住力道。

周亦澄借机脱开,躲在黑暗里长舒一口气。

得救了。

裴折聿起身,停在她身边,低声说:"我先送你回去。"

周亦澄还没从刚才的事情里回过神来,呆呆地"哦"了声,跟在他身后。

她突然发现,她好像从以前到现在,都一直在看着他的背影。

但是。

他现在会不会,其实也有那么一点……在意她?

外面雪下得更大了些,等车的时候,周亦澄一直在尝试拢紧自己的围巾。

裴折聿在一旁点着根烟,说:"抱歉,没想到会这样。"

周亦澄有些莫名其妙地看着他,问:"你怎么也跟我道起歉来了?"

裴折聿偏过眸:"杨宇尧做事是有些不知分寸。"

周亦澄宽慰笑道:"但这不是你的问题呀,不用替他跟我说什么。"

她眼底是全然的信任,不掺杂一丝一毫的杂质。

裴折聿眼底情绪沉了沉,没再说什么。

车在路边停下来,周亦澄辨认清车牌后,开门上车,并止住了裴折聿要上车的动作，温声道："我一个人回去就可以了，你回去再过来的话有点麻烦。"

裴折聿动作停了停："行，到学校了给我发个消息。"

他特地补充："不要像上次一样。"

周亦澄飞快地眨动一下眼，乖巧点头："好。"

目送车子离开视线范围，裴折聿在楼下抽了会儿烟。

杨宇尧下来找他，问："她走了？"

裴折聿正好抽完最后一口，把烟摁在墙上，淡淡"嗯"了声："这次过火了，下次别让我再帮你。"

杨宇尧愣了下，脸色难看一阵，很快恢复过来，无奈耸肩："我也没想到会这样啊。"

裴折聿不置可否。

杨宇尧"哎"一声，勾着他的肩膀，把他拉到角落，商量道："这样吧，裴哥，你再帮我一次……"

感觉到裴折聿又要丢过来一个眼神，他忙好声好气发誓："最后一次，要是她还对我没改观，我就死心，行不行？

"……只要你帮我个小忙，我保证不像今天这样！"

裴折聿把他手从身上扒下来，眯了眯眼，而后笑："行，最后一次。"

周亦澄以为自己回来得已经够晚，没想到寝室里其他三个人回来得更晚。

这也导致第二天周亦澄吃过午饭打算去图书馆的时候，寝室里其他几个人还赖在床上,一个个睡死过去。

周亦澄收拾好刚出门,迎面便遇上了走过来的齐梓露。

齐梓露微笑着同她打了个招呼,朝寝室里面望了望:"你们寝室这会儿了怎么还那么暗……不会她们都没起床吧?"

周亦澄诚实点头。

"啊?不会吧,"齐梓露拖长语调,不可置信地走进去,敲了敲江雨心的床沿,"嘿,醒醒,去图书馆了!"

从床帘里传出江雨心模模糊糊的声音:"困死了……不去了……橙子要去,你跟她说吧。"

"……"

最终齐梓露还是没能喊得动江雨心,和周亦澄一起去的图书馆。

周亦澄和齐梓露算不上特别熟,走在一起也只是零零碎碎地聊着。

路上齐梓露看了眼手机,突然皱眉,嘀咕道:"裴折聿不给我找点事干是不准备罢休是吧?"

周亦澄看过来,好奇:"怎么了?"

"又是他惹的烂桃花,"齐梓露头疼道,"一个两个为他哭天抢地,顺带着闹到我这儿来,让我帮她们去跟他说。

"我表哥一直都这样,招蜂引蝶又完全不上心,简称渣男。"

齐梓露吐槽了两句,看着屏幕上不断弹出的对话框,熟练地点上发语音的按键。

她声音很温和,说出来的话却像是重复过千百次一般,平静而敷衍:"可是,你又凭什么觉得,自己是特殊的那一个呢?"

明明是齐梓露与别人说的话,周亦澄却莫名呼吸一滞。

很奇怪的感觉,像是心里被扎了根小刺,又像飘浮的泡泡突然破掉,显露出虚幻真相的一角,隐隐约约地告诉她,有什么地方出现了问题。

但她说不上来。

齐梓露熄了屏,便跟没事人一样正常与她说笑:"想要让人放弃幻想,就得说话狠一点,这是没办法的事儿。"

周亦澄轻"嗯"一声,眸光敛起:"……确实是这样。"

一直沉溺于幻想,确实是一件可悲的事。

齐梓露没什么认真学习的心思,到图书馆做了会儿题便到处去找书看,看完一本差不多到吃晚饭的时候,就跟周亦澄告别。

周亦澄婉拒了她一起出去吃晚饭的邀请,惯常在图书馆待到夜幕黑沉。

就在她收拾好东西准备离开时,放在一边开着静音的手机屏幕突然亮个不停。

屏幕上显示的备注是裴折聿。

怎么这个时候突然打过来?

周亦澄疑惑地拧拧眉,背起包,边往外走边接电话。

电话接通,她正想问有什么事,就听见那端杨宇尧的声音急急响起:"亦澄,裴折聿他现在胃疼得厉害,你要不要过来带他回去?"

"……胃疼?"周亦澄听到这个词瞬间蒙住。

想起裴折聿几次胃病发作时苍白虚弱的模样,她几乎想也不想便脱口而出:"在哪里?"

匆匆到达杨宇尧说的地方,周亦澄走得太急没有歇息,导致她上电梯时都有点儿喘。

电梯门开,她第一眼就看见了挡在眼前的杨宇尧。

周亦澄以为他要带她过去,秀气的眉头紧紧拧起,一边朝走廊的方向走,一边小声问:"是又喝酒了吗?他这样下去……"

往前的步伐却被一只手臂突兀打断。

她话音还未落,杨宇尧便先一步挡在了她跟前,另一只手从背后突兀地举出一束花,凑在她眼前。

鲜艳的红色花瓣骤然放大在眼前,周亦澄被吓了一跳,后退一步,隐隐有不好的预感:"你这是在做什么?裴折聿呢?"

"裴折聿没事。"杨宇尧边说边把花束朝前送,"抱歉,用这样的方式让你过来,可是不这样的话,我也知道我没有机会再跟你说这些了。

"上一次的事是我不对,我太冲动地想与你拉近距离,没有顾及你的感受,以后再也不会这样了,我没有要吓到你的意思。"

"我只是想告诉你,我真的很喜欢你,"他语速很急,"你可不可以稍微不要那么抗拒我,至少……给我一个机会?"

"……"

周亦澄被焦急冲昏了的心绪,在听见杨宇尧说出"裴折聿没事"的时候,空前快速地冷静了下来。

她没有打断杨宇尧的喋喋不休,而是安静地听他说完后,再次向后退两步，指尖按上电梯按钮。

"……抱歉。"周亦澄苦恼地闭眼，"如果你的目的只是这样的话，那恕我先失陪。"

杨宇尧目光暗了暗，玫瑰花束垂在身旁。

但他似乎并没有多少遗憾的情绪，更像是早就料到了这个结果。

"这样吗？"他笑，状似无意地感叹，"亏得裴折聿帮我制造了那么多机会，结果还是浪费了。"

电梯门开，周亦澄却定在原地，眼睫一颤："……什么意思？"

话都说到这份上了，杨宇尧也不介意多说一点，他带点报复性地故意反问："你不会真的以为，他有那个心思主动约你出来吧？"

并没有说得很清楚的一句话，却如平地惊雷般在她心间炸响。

周亦澄脊背蓦然僵直。

是啊，她好像从没有深究过，为什么只是匆匆见过两面，裴折聿却能那样轻易注意到她。

刹那间，前段时间的那些所谓"巧合"，都被丝丝缕缕地联系在了一起。

这样说来，一切就都说得通了。

为什么在和裴折聿告别后能那么巧偶遇杨宇尧，为什么裴折聿约她出来的时候，总会关系到杨宇尧。

因为裴折聿约她出来并不是想要见她，而是为了将她推给杨宇尧。

这次也一样。

而昨天晚上的所谓"解围"，打从一开始，就是他为她造成的困境，而他也许只是出于愧疚，才在那时及时解救了她。

从不是她想象中的那样在意她。

周亦澄脑中情绪乱作一团，而对面的杨宇尧却好像没有到此为止的意思，目光灼灼地盯着她："你喜欢裴折聿，我猜得没错吧？"

"……你到底在说什么？"

周亦澄僵硬地扯起嘴角，只想快一点逃离这里。

她避过杨宇尧的目光，却又在此时，刚好与从对面包厢门内走出的人对上了目光。

裴折聿推门的手停住几秒，反手将门关好。

看出周亦澄眼神的不对劲，他皱了皱眉，没有率先开口。

走廊算不上很安静，各个包厢的声音都隐隐渗透出来，但周亦澄却像是自动屏蔽了那些杂音，只觉四周一片死寂。

眼神交汇的那一瞬间，她便隐约明白了什么。

"……都是你默许的是吗？"周亦澄越过杨宇尧，问裴折聿，"包括这一次，他借用你的手机，把我骗过来。"

不算激烈的情绪。

裴折聿看了一眼杨宇尧，在短暂的眼神交流后，承认："是，抱歉。"

那些用细节与温柔所编织成的自欺欺人的谎言，一寸一寸被真相土崩瓦解。

——"可是，你又凭什么觉得，自己是特殊的那一个呢？"

齐梓露的声音似又在她耳边响起，生根的刺肆意生长，穿透心底，鲜血淋漓。

回想起这些天来的心动与义无反顾，周亦澄忽然觉得自己就是个笑话。

她仿佛溺水的人，深吸一口气，挤出一个比哭还难看的笑。

"我一直以为，如果是你的话，至少不会骗我。"

没敢再看裴折聿的反应，她不等电梯上来，有些踉跄地避开杨宇尧，踏入一旁的安全通道。

走廊上只剩裴折聿和杨宇尧。

良久，裴折聿叼了根烟，点燃："你跟她说了什么？"

"裴哥，你这是明知故问啊。"杨宇尧摊手，苦笑，"就把事情真相告诉她了而已。"

"你也别在这儿给我装傻。"裴折聿毫不留情地戳破他装出来的无辜，"你明明知道，这件事没有告诉她的必要。"

杨宇尧呵笑一声，直截了当："可是这和我有什么关系呢？反正伤了她的，也不是我。"

裴折聿眼神逐渐沉下来，大步迈上："你什么意思？"

气氛陡然剑拔弩张。

"裴折聿，你不觉得你自己这样很过分吗？"杨宇尧破罐子破摔，不爽道，"明眼人都看得出她喜欢你，你不喜欢她的话能不能别吊着？说是给我机会，你自己想想你都做了些什么？

"你以为我是故意挑拨离间？你不是讨厌麻烦吗？我这就帮你规避掉呗。"

裴折聿没吭声，停在杨宇尧身前一步，垂在身侧的双手攥得骨节泛白，眼底情绪晦暗不明。

"我都说到这份儿上了，你也该想想自己的问题，不至于恼羞成怒,还想打我——唔!"

话音未落,杨宇尧闷哼一声,捂着腹部,后退几步贴在了墙上,满脸痛苦。

裴折聿两指夹着烟,蓦地嗤笑一声,阴鸷而锋利:"至少打你没问题。

"因为追不到人而恼羞成怒的,是你吧?"

楼下的街道两旁寂静而萧瑟。

周亦澄觉得手脚都有点儿冷,先去了一趟便利店。

店里属于烤肠和关东煮的香味顺着热意扩散,周亦澄本想点份关东煮的,想了想还是换成了一杯热咖啡。

正当她打算点开二维码支付的时候,有人先一步帮她扫了码。

清冽的气息太过熟悉,周亦澄甚至不用扭头就已经知道是谁,咖啡还没拿到,她转身便走。

后面的脚步声一路跟着她,出了便利店,她低头就能看见那一抹不远不近的人影。

周亦澄手拽着帆布包的袋子,悄悄控制呼吸频率,心里仍然憋闷得慌。

她不知道在自己每一次同他相处的时候,他是不是都抱着一种冷眼旁观的心情,看她故作镇定地努力朝他靠近,是不是就像在看一场娱乐性质的表演。

手机上打的车还要过几分钟才来,站在路边后,她低着头,假装没看见与她咫尺之遥的顾长身影。

冒着热气的咖啡被送到了她面前,白雾氤氲。

周亦澄动了动眼睫："什么事？"

"对不起。"裴折聿的声音有点儿哑，"是我没有顾及你的感受。"

周亦澄犹豫了一下，还是接过了咖啡，摇摇头："你已经很顾及我的感受了。"

裴折聿一噎。

远处的车打着双闪减速停在路边，周亦澄收起手机打开车门时，又听裴折聿低声问："什么时候开始的？"

周亦澄眼神闪了闪，像是卸下什么重负一般，涩声道："……从高三开始。"

裴折聿微愣："抱歉，我现在才知道。"

周亦澄抿一口咖啡，清淡地笑笑，坐进车里。

门关上的那一刻，裴折聿看着她的眼睛，好像突然看清了那抹雾气中藏着的是什么。

是跨越漫长时光失而复得的喜悦，是想要触碰却又只能小心翼翼埋藏于深处，一次次破碎却仍闪着熠熠微光的，少女最脆弱无望的眷恋。

是他所从未见过的纯粹炽烈。

裴折聿猛地怔然。

他见过那么多或拐弯抹角或直白大方向他表明爱意的人。

但从不知道，原来有人光是沉默，就可以那样热烈深刻。

车里。

直到转弯，周亦澄才收回看向窗外的视线。

手里捧着的咖啡随着行驶的颠簸而晃荡,她发着呆,忽然觉得,自己这么久以来的雀跃与难过,在说出口的那一刻,都有了一个交代。

很好啊,他不知道她喜欢他。

她没有打扰到他,他也没有做错什么,只是从来没有注意过她。

是最好的答案,也是最好的结果。

只有她留下遗憾,只有她自作自受。

亮着的霓虹灯光从窗外闪了一下,又飞快掠过,周亦澄被晃了一下,低头喝一口咖啡。

苦涩浸透舌尖的那一刻,她毫无征兆地落下泪来。

到此为止吧。

她提醒自己。

……

已经很久没有点开过的QQ空间,过去的痕迹被删得干干净净,只有一条最新发布。

【还要自欺欺人到多久。】

凌晨三点。

【我不要再喜欢他了。】

## 第六章

### "这次换**我**,行不行?"

第二天起床上课的时候,江雨心被周亦澄吓了一跳:"你昨晚是干了什么啊,怎么跟要死了一样?"

周亦澄不明所以,江雨心直接按着她的肩膀把她带到镜子前:"你自己看看你这黑眼圈,还有这脸色,出去走一圈我都怕你原地昏倒……"

周亦澄打量了会儿自己现在的模样,晃晃脑袋,感觉没江雨心说的那么严重:"没事吧应该……"

下一秒,她盯着镜子,恍惚了一下。

眼神失焦片刻,大脑一阵失重感席卷全身,再定神时,她人已经倒在了江雨心身上。

江雨心咬牙切齿地扶稳她:"你这叫没事?"

最终,周亦澄还是被江雨心赶回了床上休息,对方信誓旦旦帮她点到,她只得听话地窝进被子里。

许是昨晚想得太多梦也多,确实没睡好,这一觉睡得天昏地暗,再醒过来时,寝室里的人都出去上下午的课了。

她打开手机,就看到江雨心之前留的消息。

江雨心:【下午的课干脆我也帮你点个到,你好好休息,晚上吃什么跟我说一声?】

周亦澄心头一暖,刚想回复,字还没打出来,便见对方又给她发来了一串感叹号。

江雨心:【!!!】

江雨心:【橙子你没来是真的损失啊!看我在教室门口碰到了什么!!一个大帅哥!!!】

江雨心:【[图片]】

江雨心:【[图片]】

江雨心:【[图片]】

周亦澄视线一凝。

原因无他,图里那个站在教室门口的身影,正是裴折聿。

照片是江雨心偷拍的,所以看起来并不清晰,但周亦澄太过熟悉裴折聿,几乎是一眼就认了出来。

男人看起来也没睡好的样子,站在教室前面,就算画面带些抖动的模糊,但仍能感觉到很浅很淡的疲惫感。

她只看了一眼照片便迅速收回视线,发过去两个巨大的表情包将照片刷了上去。

江雨心不知道内情,以为她也感兴趣,于是接着道:【听他们说他不是咱们专业的,好像是在等人。】

江雨心:【是在等女朋友吧,呜呜呜……】

江雨心:【待我回来打探一番!】

……

周亦澄头一次如此庆幸，自己没来得及去上课。

她不是个自恋的人，但她几乎可以肯定，裴折聿是过来找她的。

晚间，江雨心回到寝室，仍对裴折聿念念不忘，便跟另外两个人交谈，边扒拉出了一堆关于裴折聿的信息。

"好消息好消息！我刚才去表白墙投稿了！他说他没有女朋友！很好，我可以放心地继续打听了——"

周亦澄不太想听，沉默着去阳台待了会儿。

她刚想关窗帘，低头，却忽然发现楼下站着个人。

一个熟悉的人。

下一秒，那人像是感应到了什么，抬头。

周亦澄神色微变，迅速关上窗帘。

远在桌上的手机响起，卓琳率先听见，高声提醒周亦澄。

周亦澄脚步微顿，穿过闹作一团的室友，走过去拿起手机。

裴折聿：【可以见一面吗？】

裴折聿：【我在楼下等你。】

情绪在心间拉扯一阵，周亦澄把手机揣进兜里，肩膀微微耸起，又慢慢放平，拿了钥匙转身开门。

江雨心在一边儿喊："干什么去？"

周亦澄含糊其词："……有点事。"

虽然她不知道裴折聿想干什么，但是——

再见一面吧。

就当告别。

推开寝室楼下厚重的门，"呼啦啦"的风灌了她一脸。

昏黄路灯下，男人黑色的身影显得有几分单薄。

周亦澄脚上还趿着拖鞋，脚踝被冷风侵袭，不由得加快脚步停在他面前："有什么事吗？"

"我今天在你教室外面等你，没等到。"他见她只穿了一身睡衣，皱皱眉，脱下外套想披在她身上，"身体不舒服？"

周亦澄不着痕迹地退后一步，安静地垂着眸躲开："没有，所以还有什么事吗？"

看出对方的抗拒与逃离之意，裴折聿目光暗了暗，挡在她的身前，将洒下的灯光拦截，也遮挡住天地间蔓延的风。

周亦澄停下动作，没有仰头看他，却也不说话，沉默地与他对峙。

她听见裴折聿轻叹一声。

"如果你不喜欢杨宇尧，那要不要，考虑一下我？"

周亦澄心脏猛地漏跳一拍，掀了掀眼皮："什么意思？"

"和我在一起。"

更加直截了当的话语，惹得周亦澄喉咙发干。

她舔舔唇，艰涩道："……为什么？"

裴折聿顿了一下，缓声道："我喜欢你。"

周亦澄彻底愣在原地，如擂鼓的心跳短暂盖过周遭一切声音。

却在片刻后，陡然清醒。

明明这是她曾经梦寐以求的事，现在听在耳中，却只觉得讽刺。

为什么偏偏是这个时候，在她从绝望里清醒过来的时候。

她轻轻摇头，只淡漠着眉眼，与他错身而过。

"裴折聿,我累了。"

不是身体的疲惫,而是一次一次希望后又失望积攒下的重压,压得她有点儿喘不过气来。

她不想再被他牵动着情绪,不想再去追那样缥缈的风了。

光影浮动,男人眉眼陷在阴影中,沉默许久,沉声开口——

"那这次换我,行不行?"

周亦澄停下脚步,没有回头。

心潮起伏不宁,她怕自己一回头,就会抑制不住自己动摇的情绪,再次走向他。

不能这样。

她轻吐一口气,尽量使自己声线平静:"裴折聿,你别这样。你还是先想清楚,那到底是喜欢,还是愧疚吧?"

说完,周亦澄不知道身后人会是怎样的反应,也不敢去看。

但她知道,她想要的,从来不仅仅是由对方施舍的"拥有",所以更不会那样天真地认为,像裴折聿那样的人,会轻易地喜欢上她。

她一直很清楚,自己那样的喜欢,怎么可能说放下就放下。

只是,她真的不愿意再重蹈覆辙,放任自己破碎一次又一次。

风声弥天,周亦澄离开时,没有听见身后的脚步声。

回到寝室,她才发现那道身影仍守在楼下。

晚风毫不留情,吹起他额前黑发,越发显得他有几分落寞。

江雨心见她回来就去开窗帘,探出头:"楼下发生什么了吗?"

周亦澄慢吞吞地合上窗帘,挤出一个笑:"……没。"

靠在窗台边,她不敢再往外看一眼,摸出手机,给他发了一条消息。

【我没有怪你,过去了就是过去了,我们都忘掉这件事,向前看,好吗?】

那边许久不见回应。

这样也好。

周亦澄反而松了一口气。

她也不知道自己到底在逃避什么,虽然逃避可耻,但至少,暂且能让她不再去陷入那些理不清的旋涡之中。

等这段时间过去了,他也许就能慢慢忘掉她,他们两不相欠,各自开启新的生活。

虽遗憾,但,原本的故事发展,也本该是这样。

另一边。

寝室里游戏声不绝于耳,随着开门声的响起,内里三人齐齐被冷得"嘶"了一声。

"老裴别把门开得那么大啊!"文鸿力没摘耳机,直接大着嗓门吼道,"我还光着膀子呢!"

裴折聿像是没听见一般,在门口停留了会儿,才缓慢关上门。

文鸿力重重打了个喷嚏,刚好结束一局,摘下耳机去拿了两听可乐,走过去递给裴折聿,突然发觉他脸色不太对,新奇地歪着脑袋问:"这是怎么了?整得不知道的人还以为你失恋了。"

"昨晚见你这样我都不敢问,本来以为你就深夜忧郁一下,没想到今晚也这样,咋了,家里又有啥事儿?又是谁碍着你了?还是真的为情所困啊?"

裴折聿单手开罐，心不在焉："滚一边去。"

"好嘞！"文鸿力知趣地转了个身。

裴折聿身子向后靠，猛灌一口可乐，按开屏幕。

周亦澄发给他的那句话顷刻入目，他避无可避地再次被刺了一下。

在他长久以来的印象里，周亦澄从来都是沉默、内敛的，就连难过落泪，都是一个人静悄悄待着，不声不响。

他很少能看出她情绪的波动，一直以为她是一个把一切都看得很淡的人。

直到重逢，他才开始隐约窥见她的纯然鲜活。

那时的他还从没想过，自己会那样想去触碰另一个人的世界。

——到底是喜欢，还是愧疚。

他退出页面，闭上眼，眼前再一次浮现出女孩儿平静中藏着淡淡失望的眉眼。

苍白，透明，如玻璃一般的破碎感，如驻扎在他心间挥之不去。

明明是并不激烈的情绪，但他蓦然像是忽然被一只无形的手攥住心脏，绵长而沉闷地发着疼。

时至今日，他才确切地意识到，自己那些纵容、逗弄、探究的情绪，到底从何而来。

当一切清晰地浮上水面，却早已被后悔的情绪磨成了闪着锋利寒光的刀刃，一道一道划在心头。

裴折聿猛地捏紧易拉罐，低低骂了声。

如果是愧疚，他根本不会再去找她。

一罐可乐见底，易拉罐落在桌面，发出清脆的声响。

他无视文鸿力频频偷看过来的好奇目光,自虐般问:"……还有酒吗?"

元旦一过,期末考试周便接踵而至。

周亦澄一头扎进书里,每天寝室图书馆两点一线,没空去想其他。

裴折聿再没有去找过她,她也心照不宣地默认这件事已经画上了句号。

寒假,周亦澄回到津市,阔别了一整个学期,魏宇灵念女心切,特地做了一大桌子菜为她接风洗尘。

周亦澄看着一大桌子菜,主动承担了洗碗的任务。

洗碗池水声"哗哗",手边手机亮起,周亦澄擦了擦手,点开看,发现是余皓月。

这一年多来她们断断续续还有联系,余皓月留在津市上大学,暑假她回来的时候还一起去看过电影,平时活跃在朋友圈。

余皓月:【你们放假了没有啊?】

周亦澄回:【放了,刚回津市。】

余皓月:【那刚好,一中还没放假,明天要不要一起去看老师?我再叫几个人。】

反正在家闲着也是闲着,周亦澄想了想,答应下来:【好。】

第二天上午,算好课间操的时间,按着余皓月的计划,大家先在学校门口简单集了个合。

这会儿一共来了四个人,余皓月叫上了梁景和另一个周亦澄不太熟的女孩子。

几个人聚在一块儿玩了半天手机，余皓月还在左等等右等等，对着手机小声嘀咕："怎么这么慢……"

周亦澄被她在面前晃得眼花，拉了拉她的衣角，问："还有谁？"

余皓月耸耸肩："还能是谁？裴折聿呗。"

周亦澄呼吸一滞，便被余皓月勾住了脖子。

旁边梁景惊奇道："他不是高考完就回泽城住了吗？他们家好像也都在泽城吧，怎么过个年还回来了？"

"谁知道呢。"余皓月看着手机屏幕，努努嘴，"算了，我们先进去，等他到了他自己进来算了。"

周亦澄张张嘴，想要先行离开的话被压在半空，没能说出来。

下课铃结束，广播里课间操的声音顿时响彻整个校园，经过操场的时候，余皓月扬起手臂，装模作样挥动两下，感叹一句："年轻真好啊。"

"你不也一样还年轻吗？"梁景在一旁打趣。

余皓月撇撇嘴："都奔三了。"

梁景夸张地"哇"了一声，笑得不行："你这叫奔三？"

余皓月瞪他一眼，拽着他的衣服往他背上拍几下："好啊，你又挤对我是不是？"

"不敢，不敢……"

余皓月的小姐妹捂眼，在一边吐槽："什么都在变，就她这性子没变过。"

周亦澄笑："是啊，挺好的。"

前面两人的打打闹闹一直到办公室门口才消停。

王方换了新的大办公室，不像之前那样狭窄，一群人挤在桌前绰绰有余。

毕业以后，大家面对班主任也没有那么拘谨，各自抬了凳子坐下，笑嘻嘻地去蹭王方办公桌上的瓜子。

王方看到周亦澄的那一刻，眼睛都笑得眯成了一条缝，引得旁边新转来的老师好奇发问："王老师，那么开心呢？"

"那当然，这可是我的得意门生——"王方说到一半，余光瞥到办公室门口的一个身影，眼睛眯得更深了，咧着嘴笑指过去，"这个也是！"

"喔——"那老师对上两届的高考成绩也有所耳闻，当即明白过来是谁，笑呵呵地打趣，"一个帅气一个漂亮，那会儿不会是班里的金童玉女吧？"

余皓月在一边迅速道："那可不是！真正的金童玉女啊，是某人和文科班那位——"

"余皓月，那么久不见你话还是那么多。"

凳子被拖动的声音响起，裴折聿慢悠悠地坐下，余皓月看见他，吐了吐舌头："怎么啦？还不兴说啦？"

裴折聿没说话，不着痕迹地朝旁边看了眼。

他就坐在周亦澄身边，稍微动作一下，就能互相蹭到手臂。

周亦澄早在看见裴折聿的那一刻，便沉默着低下了头，不看他一眼。

过了会儿，众人正聊得开心，周亦澄熄了屏，抱歉地说："突然有点事，我可能要先走了。"

"啊……怎么这么突然？"余皓月有些意外，但还是善解人意地点点头，"行吧，那下次再聚咯？"

周亦澄"嗯"了声，起身离开。

出去时正好赶上课间操结束，操场的人流纷纷从各个入口拥进教学楼，周亦澄有些艰难地拨开人群往前走，像一叶逆行的小舟。

好不容易脱离了人流的范畴，走出校门时，周亦澄忽然听见门卫冲着她身后打招呼："才来多久，你就要走了啊？"

裴折聿带着点懒散的声音从身后响起："是啊，就回来看看。"

周亦澄不知道他什么时候跟在她身后的，也没那个心思知道，加快脚步离开。

袖口却忽然被人勾住，清冽的气息压上来，淡淡缭绕。

裴折聿："怎么一直躲我？"

周亦澄挣开他，没说话，向前走两步，又被勾住。

"……没躲你。"她抿着唇，"我真的有事。"

他看了一眼她走的方向："急着回家？"

"……"

"也行。"裴折聿收了手，双手揣在衣兜里，"我也回家，正好顺路。"

周亦澄没管他，既然已经说到了这份儿上，她也没那个心思去想别的理由，径自向前走去。

两人就这样保持着微妙的距离，走了一段路。

经过裴折聿的小区时,周亦澄特地往前走了两步,感觉到身后人还在跟着,微微皱眉:"你不回去吗?"

裴折聿神态自若:"送你。"

周亦澄看了一眼就在路对面的自家小区,摇头:"真的不用。"

红绿灯刚好变绿,她转身就走。

抬步时,她听见裴折聿再一次开口。

没有唤她,话音落得很轻,像是在呢喃。

"不是愧疚。

"是喜欢。"

周亦澄脚步一顿,假装没听见,想要扭头的动作硬生生转换为拨弄鬓发,却坚定地没有回头。

道路两侧人来人往,裴折聿站在原地许久,心里莫名像是空了一块。

他似是明白了什么,轻嘲一声,单手捂住眼:"……要命。"

为什么总是在失去以后,才知道什么叫作后悔。

回到家后,周亦澄给王方发了个消息表达自己突然离开的歉意。王方对此并不怎么在意,和她叙了会儿旧,顺便问起她这段时间有没有空,想等过两天学生期末考试完之后,请她来学校给他们分享一下学习经验。

周亦澄对于这些事向来不会拒绝,再三确认了只有她一个人去后,很快便同意下来。

她了解那个年纪学生的性子,一开始还有些害怕到时候会尴尬,是以做足了准备,却不想事情比她想的简单。她出现在教室的时候，班里只不过骚乱了几秒，便齐刷刷安静下来，盯着她瞧。

整个过程不算长，除了中途偶尔有几个班里负责活跃气氛的男生提了点儿无伤大雅的玩笑，其他时候大家都很配合。

结束后，甚至不断有人上来单独问周亦澄问题，有想加联系方式的，也有让她帮忙写两句鼓励的话的。

待到周围人散尽，一旁看着的王方忍不住拍了拍她的肩感叹："果然啊，还是得你们年轻人才能治这帮孩子，要不是怕屈才，我真恨不得让你毕业之后就来一中教书。"

周亦澄笑了笑："还不是因为王老师教得好。"

一句话就让王方眉开眼笑。

师生两人在楼道站着聊了会儿，王方还有个会要去开，就先和她告别。

这个时候刚好过了校门口人最多的时间段，周亦澄在校门口停了会儿，满目都是青春的模样。

她忽而有些怀念。

正好因为刚才讲太多话没喝过水，她喉咙发干，四下环顾了几圈，最后走向了一家奶茶摊。

这么多年来，这家她每天上学放学的时候都能见着，好奇了各种五颜六色的口味许久，但都没空停下来买。

摊主是一对夫妻档，见她停下来，便笑着问她要喝什么。

口味太多周亦澄一时有些纠结，正徘徊时，旁边突然伸出一只手拿了一瓶，同时一道清朗的声音响在耳际——

"学姐，这个味道最好喝！"

周亦澄扭头，才发现那是之前在王方班里见到的一个男生。

男生高高瘦瘦的，穿着和这大冬天格格不入，上头薄薄的黑色毛衣外面套着开了拉链的秋季外套，裤腿"呼呼"漏着风，甚至露出了一小截脚踝。周亦澄看着都猛地在心里打了个寒战，心说年轻真好。

男生向她笑的时候露出整整齐齐的两排白牙，边说边把手里的手机按开："刚才人太多我都没来得及，学姐，我能不能现在加你一个微信？"

男生说着脸红了红，急急补充："因为我也想考泽大，所以想多找学姐问问——"

少年的心思不知内敛，在周亦澄眼里明显无比。

但周亦澄仍在盯了他一会儿后，欣然同意："好啊。"

男生眼睛一亮，飞快调出了自己的二维码。

待到加上了好友，他不好意思地站了会儿，作势就要把手里的奶茶往周亦澄手里塞："那学姐，这杯奶茶就当我请你！你——"

须臾间，已经伸出的手却被另一只胳膊挡了一下。

男生话语一收，错愕地看向突兀挡在中间的身影。

裴折聿垂着眸，没看他，而是侧身重新拿起一瓶一样的，扫码付了款，也伸到周亦澄身边。

"给你的。"他说。

周亦澄本想问他怎么在这里，话到嘴边又生生咽了下去。

都住这附近，她总不可能不准别人溜达到这里来。

她后退一步，没接，沉默着像是与裴折聿对峙。

男生见情况不对，悄悄往周亦澄的方向凑近了些，试探着问："学姐，这是你男朋友吗？闹矛盾了？"

周亦澄敛起视线,无视裴折聿希冀的目光:"不是。"

她十分自然地从男生手里接过奶茶,冲他淡淡笑了笑:"谢谢啊。"

少年的思维总是很简单。

男生愣了愣,随后就像是受到了极大鼓舞:"不谢!"

周亦澄不再理会一旁脸色黑沉的裴折聿,从他身边经过。男生仍跟在她身边,叽叽喳喳地问一些问题。

周亦澄捧着已经喝了一半的奶茶,和身边人相谈甚欢,似是完全没有注意到另一旁还有个身影。

被忽视的感觉很难受。

裴折聿沉默地跟在一旁,手里仍捏着那杯奶茶,感觉到手心的温度逐渐变凉,唇色抿得微微泛白。

她不需要他的这杯了。

他能听得清与他一步之遥的两人交谈的声音,主题无非是那些无比正常的问答——泽大的分数线,泽大的各类优势,还有约定好到时候考上泽大见一面。

但两人交流时,少年直白炽烈的热情映着周亦澄温暾的笑意,融洽得刺眼。

那是他已经很久没有见过的笑意。

裴折聿出神片刻,突然有一种,像是有什么珍视的东西在逐渐脱离掌心,也许再也抓不住的感觉。

虚无缥缈,却又沉在心底发酸发涩。

他蓦地想起,在过去的那一段岁月里,她是不是也曾陷在这样的情绪中,日复一日却又无法宣之于口。

送男生到公交车站，周亦澄与他挥手告别。

男生临走前从车里探出一个头，问："学姐，那这个寒假我还能再见见你吗？"

周亦澄笑："好好学习，有空再说。"

"那我有什么事，是不是都可以找你聊一聊？"

"可以啊。"

男生单手拎着书包，弯起眼笑："好嘞！"

目送公交车开走后，周亦澄低头一边看手机，一边折身往家的方向走。

"他喜欢你。"

周亦澄脚步没停，下颌低了低，错过裴折聿的视线，说道："我知道。"

又是一辆公交车进站，卷起淡淡的尾气，黄色的指示灯亮起，缓慢停下。

周亦澄趁此迈开脚步，从中穿行离开。

裴折聿沉默了一下，越过人群走在她身边，又说："我听王方说过，他的成绩在班上属于倒数，所以他说想考泽大，应该只是一个借口。"

"我知道啊。"周亦澄平视前方，很清淡地说，"但如果这样能让他有学习的动力，我倒是挺乐意的。"

裴折聿微哽。

他没说什么，神色淡淡地送她回家，只在转身时，像是隐进了落寞中。

等他走后,周亦澄仍站在原地,发了会儿呆后,打开手机。

她先是给刚才的男生把奶茶的钱打了过去,表达了感谢后说明自己这个寒假并没有空,叮嘱他好好学习,而后便盯着手机屏幕,有点迷茫。

远处不见人,刚才那个身影已经消失在了她的视野范围内。

心里那阵浅而隐秘的快意过后,周亦澄也不知道自己为什么会做像刚才那样么幼稚的事。

是想报复吗。

可她又在报复什么呢?

没等她深想,微信的好友列表里突然蹦出一条新消息。

裴折聿:【既然他可以有什么事都和你聊一聊,那我是不是也可以?】

周亦澄咬了咬唇,回:【随你。】

已经理不清了。

一中放假以后,附近的小区明显冷清了许多。

今年是周亦澄母女两人独自过的第三个春节,习惯了这样的模式,便也无所谓什么特殊的仪式感。

由于放假的关系,周亦澄每天在家闲着无所事事,甚至颇有一种不知今夕何夕的感觉。

要不是各个软件的推送提醒,她都快忘了今天是除夕。

魏宇灵这两天进进出出阳台,忙着接各式各样的电话,心力交痒,更不会去记这些。

每至年关,总有来自各个地方的催债电话打来,光是应付过去,便足以让人焦头烂额。

吃晚饭时难得清静,电视被调到最近正火的校园恋爱剧,魏宇灵爱看这个,边吃饭边不时往那边看一眼。

手机铃声响起来,魏宇灵看了一眼便直接掐断,嘴角向下撇了撇。

周亦澄对恋爱题材的电视剧完全不感兴趣,低头老老实实吃饭。

过了会儿,不知道电视上播了什么剧情,她忽然听魏宇灵用一种感叹的语气说:"澄澄,以后找对象,一定要找个靠谱的。"

话题突然转换,周亦澄拿筷子的手一顿,冲她无奈地弯起一抹笑:"……知道了,现在还不急。"

魏宇灵看着她,也慢慢露出一个笑,眼神有些飘忽:"是,得慢慢来。"

周亦澄观察着魏宇灵的反应,好像知道了她在想什么,抿抿唇,笑意收敛大半。

好像找不到继续聊下去的话题,饭桌上安静了半晌,只剩电视的声音。

魏宇灵把音量调低了些,欲言又止:"……澄澄。"

周亦澄抬眸:"嗯?"

"你实话说,是不是因为家里的情况影响到你了?"

周亦澄微怔,摇摇头:"妈,别这样说。我觉得我们家挺好的。"

"……唉。"

魏宇灵给她夹了一筷子菜："你没受影响就好。

"虽然妈也觉得以后你结不结婚无所谓，但以后有个相互扶持的人总归还是不错。

"我们家条件摆在这儿，你眼界也不要太高，可能别人不在意，别人家里人也会在意，差距太大的话，我怕你到时候不好过，妈也帮不了你。"

……

周亦澄嘴里缓慢咀嚼着，听魏宇灵絮絮叨叨，不时轻轻点头。

一些被刻意遗忘的事情再一次浮上心头，她只觉郁气在胸，吃什么都索然无味。

她知道魏宇灵说这些是为了她好，这样的现实问题她也总会面对。

但莫名地，她总是会模模糊糊想起那个身影。

想起那些年岁里，无数次几乎要迈出去，却因自卑而生生止住的那一步。

现在呢？

周亦澄偷眼看了看手机屏幕，刚才划开的对话页面上，满是裴折聿给她发来的早晚安，和平时的一些日常分享。

都是她从未接触过的，截然不同的世界。

他有着貌似显赫的家庭，严厉的父亲，甚至曾经有过一个"钦定"的青梅竹马。

心下有一处躁动被生硬抹平，周亦澄安静地咀嚼着，等待屏幕回归漆黑一片。

不要想那么多。

吃了饭，魏宇灵又到阳台去接了几个电话。

阳台门挡不住的激烈争吵穿过客厅传入厨房，周亦澄慢吞吞地洗好一个个碗，那边的争吵已经又开始了新一轮。

逼仄的空间对神经的刺激越发激烈，胸口的压抑更深了几分，周亦澄擦擦手，穿过客厅准备出门。

魏宇灵打开阳台门问："你要去哪儿？"

"买点东西。"

"那行，刚好你爸的信也到了，你去物业拿一下。"

"……好。"

下到一楼，周亦澄在单元楼下停下脚步，转了个方向，先去了物业。

从层层叠叠的信件中找到周明海寄过来的信，她直接放进包里的动作犹豫了一下，最终还是先拆开了信。

照例是一封写给魏宇灵一封写给她，每一年的说辞几乎一模一样。

信里周明海让她多听妈妈的话，注意身体，好好吃饭，马上要高考了，让她高考加油。

……让她高考考得好一点。

周亦澄盯着那一行字，看了好久。

依旧端着父亲的架子，那样语重心长地提醒她让她把心思放在学习上，不要想一些有的没的，要考一个好成绩，上一个好大学，以后找工作才会顺利……

好像，他真的一直都不知道，她已经大二了。

不知道为什么，一种难以言喻的委屈感自心底翻涌而出，一发而不可收拾。

后面写的什么周亦澄还没来得及看，便被眼前的酸意模糊。

从物业出来，周亦澄脚下一个不稳，猛地被绊了一跤。

脚踝的微痛让她泪意猝然止住，轻"嘶"一声，视线前方恍惚间映入了一只手。

周亦澄没想那么多，低声道谢后借着对方的力站起。

脚踝还残余着微痛，好在应该没有扭伤，并不影响走路。

"还能走吗？"

"能——"周亦澄的尾音戛然而止，错愕抬头，条件反射地向后一步，脚踝没支撑住，身子又是一歪，被裴折聿及时捞回来。

周亦澄稳了稳身形，站直，眼圈还泛着红，声音干巴巴的："你怎么在这里？"

裴折聿收回手："……散步正好看见你。"

周亦澄皱眉："你不在林墅散步，散到别人家小区做什么？"

裴折聿没应声。

周亦澄感受到他的沉默，眼神变得复杂："……你一直跟着我？"

裴折聿与她错开视线："怕你见到我，又要躲起来。"

裴折聿又低声解释："只跟了一小段，进小区刚好碰见你——"

他似是怕她不信，有些慌乱地递给她一枝花，语速快了些许："……刚才在小区门口看到的，觉得很适合你，就买了下来，进小区也只是想碰碰运气，看看是不是真的能碰到你——"

话音未落，他突然察觉眼前人眼眶又红了几分。

周亦澄知道自己其实没有生气，但是混乱堆积在一起的情绪怎么也不受控制，像是到达临界点时突然被打开了一道口子，原先被压抑的东西争先恐后地在心底爆发。

眼里映着男生珍重而小心的模样，她眨眨眼，声音闷闷的："……非要这么执着吗？"

裴折聿薄唇紧紧抿成一线，像是知道自己做错了事，有些微手足无措，伸手想帮周亦澄擦泪，却又被对方躲开。

"裴折聿，你有没有想过，就算我们真的在一起了，又能怎样？"周亦澄语气有点崩溃，"是和你之前的女朋友一样，玩腻了也就过去了吗？反正没有结果的，是吗？"

她分明知道自己是为什么崩溃。

根本不是因为他的纠缠，而是懊悔于自己明明知道自己与他的可能性有多渺茫，明明说过自己再也不要喜欢他，可是仍抑制不住地动摇，仍会为他对她的好而动心。

裴折聿是谁啊。

他是天之骄子，是天才，无论是家庭、生活，还是围在他身边的那些人、经历的那些事，都是从出生开始就注定与她不相交的，比她闪耀太多的存在。

紧握着的粗粝纸张不断摩擦掌心，像是无形中将她拽进泥泞里的一只手，告诉她那样的好她不配拥有。

周亦澄闭了闭眼，发泄一般继续道："再说，我们本就不是一个世界的人，像你那样的家庭，真的会愿意让你和我这样的人有未来——"

说到这里，她猛地意识到自己的失言，一阵缺氧般的无言后，动了动手腕，仓皇得转身就想逃开。

她为什么要在他面前说这些？

下一秒，她的手腕却被一股力牵扯，她骤然跌进一个温暖的怀抱里。

画面定格了般。

须臾。

"……我真的没想到，你已经考虑到了未来。"

微哑的男声响在她的头顶，非但听不出阴翳，反而多了一份释然和淡淡的欣喜。

他顿了顿，又反问："……所以，这就是你的顾虑？"

感觉到怀里人脊背的僵滞，裴折聿没有用力，手轻轻搭在周亦澄的背后。

"可是，你想过没有，如果我连把自己喜欢的人留在身边的权利都没有，又凭什么有底气追你？

"周亦澄，我是认真地在追你，不是玩玩而已，别的事情你都不需要担心，在我这里，你只用选择接受，或是不接受。"

周亦澄半张脸埋在男人胸前，眼神失焦片刻。

她没有想到会是这样的结果，大脑在被清冽的感官入侵时，宕机了好几秒。

她听见裴折聿声音又放缓了些，依旧低沉："我很庆幸，你拒绝我不是因为彻底厌弃了我，也不是因为喜欢上了别人。"

他真的很懂怎样安抚一个人的情绪，一瞬间，刚刚她所有崩溃情绪产生的攻击性都像是一拳打在了棉花上，所有耿耿于怀都在此刻消弭干净。

他的声音很坚定，让她不自觉就去相信他说的话。

冬天就连肢体的接触都是软软的，暖意包裹着她，随着时间的流逝，渐渐将她冰凉的手指焐热。

天空云层厚重，空气里弥漫着浅浅的雾气，又被风吹散几分。

一切因萧瑟而静谧，却又处处响起被吹动的声音。

裴折聿耐心地等了一会儿，直到确认怀中人没有挣扎，慢慢软下身子后，才不疾不徐地温声哄道："就算你再不信任我，至少，再给我一个当朋友的机会，好不好？"

他认真补充："我不会再骗你，任你处置，只要你别再一直推开我，剩下的所有距离，让我来向你靠近。"

周亦澄一动不动，没吱声，似在思考。

"如果你还不算讨厌我的话——"裴折聿重复了一遍，带着一种循循善诱的感觉，"就先从朋友开始，怎么样？"

拥抱也许真的很有安抚人心的效果。

良久，周亦澄动了动手臂，从他怀里钻出来，眼睛还是湿漉漉的，声音有点儿虚："……好。"

裴折聿终于找到机会，笑着把手里的花递给她："那以后不要再故意躲我了？"

周亦澄接过那枝花，耳朵红了红，不敢看他："我没躲你啊。"

"好，没躲。"裴折聿似笑非笑，"那下次见面，不要随便划一划手机屏幕，就说有事要走，行不行？"

"……嗯。"

见小姑娘情绪稳定下来，裴折聿双手插兜，微微俯身，轻描淡写地将话题转移："接下来去哪里？"

周亦澄把信收回包里,下意识回:"去买点东西。"

"我陪你,"裴折聿理所应当说,"外面超市关门了,得去那边商场。"

"……噢。"周亦澄低头看了看还握在手里的花,声音迟滞两秒,最终没有说出拒绝的话。

花枝还在手心摇曳,花瓣层层叠叠堆出一个极为好看的形状,鲜红欲滴。

她握紧了一点,周围裹着的一圈薄塑料被压出褶皱,发出沙沙的声音。

"……那等我一下,我先把花拿回家。"

大街上冷冷清清,家家户户都忙着回去过年,经过小区外面那条街,两边大部分店铺都关着门,门口贴上放假告示。

直到走到商场那边,才终于感受到了点儿人气。

商场里来来回回放着那几首喜庆的歌,周亦澄越过一排排货架,在经过巧克力那一排的时候,停了一下,又很快越过。

裴折聿护在她身后,帮她阻隔重重的人群,边走边问:"不买点巧克力?"

"没必要。"周亦澄答。

最后只买了一盒汤圆和一些必要的日用品,结账的时候裴折聿短暂地消失了一会儿,周亦澄出来后站在门口等了几分钟,才等到人。

周亦澄以为他去了卫生间,等他过来便也没问,却在转身朝外面走时,感觉到手心里被塞了什么东西。

是一盒巧克力。

"新年礼物。"裴折聿冲她扬眉。

周亦澄低头看了一眼包装盒，是在她的认知里很贵的那一种。

她慢吞吞地把巧克力放进塑料袋里，想了想，问："你要不要喝奶茶？我请你。"

"你好像很不喜欢欠人人情。"裴折聿看着她，无奈地说，"不觉得太生分了点？"

"礼尚往来。"周亦澄小小声道，"……也算新年礼物？"

裴折聿笑了声，没答，帮她提着购物袋："走了。"

正迈步，身后突然冒出个迟疑的女声——

"……裴折聿？"

周亦澄比裴折聿先一步转头，瞳孔缩了缩。

是很久不见的一张熟悉的脸。

陆舒颜表情有些踌躇，视线从裴折聿身上移开，定在周亦澄身上，想了一会儿，才轻轻开口："是周亦澄吗？"

她的视线很自然，不带太多的探究情绪，不会让人产生被冒犯的感觉。但毕竟知道两人曾经的那一层关系，周亦澄仍不由自主地生出点躲藏的意思。

周亦澄点点头，脚步悄悄朝裴折聿的方向挪了挪。

气氛一时间变得有些尴尬。

裴折聿只眼中闪过点意外，很快平静下来，向前一步不着痕迹地挡住周亦澄："好巧。"

"是挺巧。"陆舒颜温声笑了笑，没多说什么，视线从周亦澄身上收回去，"没什么事的话，我先走了？"

裴折聿轻轻颔首。

周亦澄还有点蒙，陆舒颜就已经消失在人群里。

裴折聿勾了勾她袖口，提醒："走吗？"

周亦澄压下心头疑虑，点点头。

行至桥头，天上突然下起了雨。

一开始只是毛毛细雨，落到地上几乎都没有什么痕迹，走了两步突然变大，噼里啪啦砸在头顶。

这场雨来得突然，周亦澄习惯了泽城那边冬天不下雨的天气，出门不爱带伞，只得先到旁边公园的小亭子里躲雨。

这雨一时间没有要停下来的样子，周亦澄收到了魏宇灵催她回去的消息，见天色不早，她悄悄摸了摸衣服的帽子。

"你先回去。"

这时，身后的裴折聿把塑料袋递回她手上，还有一把折叠伞。

周亦澄愣了愣，手握着伞，看他。

裴折聿没动，垂眸看着她，满脸轻松："出来时被宣传活动的人硬塞的。"

周亦澄瞥一眼他空空如也的双手，顾虑道："可是这样你就没有伞……"

"我再等等。"裴折聿无所谓地勾了勾唇，咬着根烟"啪"一声点燃，"晚点儿再回也没关系。"

周亦澄不再推拒，慢慢走到檐下，撑开了伞。

这把伞看起来很轻，伞面不大，伸到外面去像是下一秒就能被风吹折。

周亦澄举着伞柄尝试了一下，没有立刻迈步，而是偷眼看了看在一旁试探雨势的男人。

下一秒，她脚步微移，朝裴折聿的方向举高了伞，伞面一侧刚刚好悬在他头顶。

头顶光线被遮住，裴折聿有些惊讶地低头，烟尾星火裹挟着灰烬卷入风雨里。

周亦澄动作有点笨拙，却认真地抬起下巴，亭子里昏暗的灯光把她的脸照得微带暖色，外面一阵风吹进来，她手里的伞角度偏移，光影在她眼下轻微浮动一下。

"……两个人应该也够。"

裴折聿眼神缓慢地凝了凝，定定与她对视。

半晌，他笑意深了几分，反手将烟掐灭，毫不怜惜地扔进垃圾桶："试试？"

雨丝细细密密地织成一张反射着夜色的幕布，黑沉沉的一片。

明黄色的伞边缘与黑色划分出一道极为分明的界线，伞下，一高一矮两个身影靠得很近，近乎挨在一起。

裴折聿比周亦澄高出一个头还要多，周亦澄要把伞努力举高，才能挡住他。

这把伞对于两个人来说还是有点儿偏小，周亦澄余光注意到裴折聿微湿的肩膀，偏转视线，若无其事地将伞柄朝他那边倾斜了一点儿。

手背骤然覆上一道带着薄茧的温热，力道不容拒绝地将她的手腕轻轻扳回去，直至伞面重新将她完全遮在下面。

"做什么？"裴折聿戏谑开口。

小动作被抓包，周亦澄脸上热了热："没。"

裴折聿这才慢条斯理松开手。

掌纹蹭过皮肤，手背上残存的余温像是烘热了几分暧昧。

身边人似无所感，周亦澄也假装什么都不知道，低头时连带着耳根一起红了个透彻。

两人似乎又靠近了些，糅杂着冷雨的凉意，气息浅浅融在一起。

最后一段路裴折聿让周亦澄拿着伞回去，走进小区时，裴折聿还是淋了点雨，头发湿漉漉地推开门。

客厅灯开着，当看清里面的人影时，他带些愉悦的眸色瞬间恢复平静，过去随便扯了两张纸擦头发。

陆舒颜毫无客人的模样，笑眯眯地捧着热奶茶："厨房里还剩点，你喝吗？"

"不用。"裴折聿说话声音带点疏离，坐在另一边沙发上，黑发软软耷拉着，投下一小片阴影，"有什么事直说。"

"所以你回津市是为了她？"

裴折聿抱臂，眼皮都没抬一下："可以这么理解，但还有点别的事儿。"

陆舒颜偏偏头："嗯？"

裴折聿轻笑了声，散漫着声线："老头子去世前托给我的东西，也得慢慢收回来了。"

陆舒颜的表情逐渐感兴趣起来："怎么，你终于想起这茬了？我还以为你真会那样一直妥协下去。"

对话中途停顿了一小段。

裴折聿向后靠了靠，单手捂住眼，狼狈又甘之如饴的模样。

"栽了，没办法。"

前二十年的人生他甘愿浑浑噩噩，顶着个没那么垃圾的二世祖名头也能得过且过。

他从未想过，会有人与他谈及"未来"。

但既然她与他说到了未来，那他也想尝试一下，创造一个可能的未来。

十八岁的裴折聿会陪她在雨中奔跑，而二十岁的裴折聿，只想为她撑起一把伞。

陆舒颜观察了他的表情很久，渐渐笑了，带点玩笑似的不甘："这还是我第一次见你对一个人那么上心。"

裴折聿没否认，双腿交叠，沉思着什么。

"雨下得那么大，天色也不早了。"陆舒颜起身，走近窗边，看一眼仍下个不停的雨，"今晚让我借住一下？"

"伞在玄关抽屉里。"裴折聿毫不留情地打断，"刚才已经让你家司机在门口等着了，几步路而已，不难走。"

陆舒颜微哽，叹了口气："你真绝情。"

裴折聿眉骨微挑，不置可否。

手指无意识地在身侧敲击，他无端又想起刚才的雨中，小姑娘小心翼翼将伞举向他的模样。

由于下着雨，临近十二点的时候，外面路上的景象和前几年相比，显得有点儿冷清。

雨声淅淅沥沥，模糊了窗外万家未熄的灯火，清冷中又透着温暖的人气。

今年买的汤圆是玫瑰馅儿的，周亦澄看着新奇就买了，带着一股蜂蜜的味道，玫瑰味不重，甜得过分，周亦澄吃了几个，有点受不了，好在魏宇灵挺喜欢，便把剩下的都给了她。

春晚倒计时响起，周亦澄靠在沙发上，听见电视里喜气洋洋的倒计时，才终于在恍惚中有了一种辞旧迎新的实感。

至最后一秒的时候，手机亮起来，屏幕上"呼啦"一下涌进了许多的消息提示。

周亦澄心情不错，打开消息列表一条一条回过去，也不管是不是群发，翻到最后一条的时候，停顿一下。

裴折聿：【新年快乐。】

他是第一个给她发祝福的人。

周亦澄没来由地想起两年前的那天，是她鼓起勇气给他发的"新年快乐"。

他当时回：【是不是群发的？】

心里想着什么，手已经比脑子先一步动作，在周亦澄还没有反应过来的时候，一句一模一样的话已经发了过去。

周亦澄一惊，刚想撤回，消息框便从她手指底下滑了过去。

裴折聿：【不是。】

裴折聿：【只给你发。】

"……"

没等她回复，屏幕上画面转为来电提醒。

备注是裴折聿。

铃声还没响起，周亦澄先一步按了静音，起身，回房间。

魏宇灵问她："不看了？"

周亦澄含含糊糊："差不多……"

房间里的椅子靠背上堆满了衣服，周亦澄把自己整个人都窝了进去，接通电话。

布料摩挲一阵，鼻尖满是洗衣液的清香。

电话接通后，那边没有立刻说话，周亦澄安静地等着，能听见自己细小的呼吸声。

"睡了？"

那边声音带点浅浅的磁性，周亦澄听见背景有隐约水声。

她换了个姿势侧靠着，把刚关上的窗帘又拉开了一点，才说："……快了。"

"嗯。"

又是一阵静谧。

雨声轻轻敲打，那边水声止住，男人平稳的呼吸越发清晰。

手机凑在耳边，两人的呼吸频率渐趋一致，像是交缠在一起。

周亦澄的身体不自然地蜷了蜷，尝试换了个姿势："有什么事吗？"

随着动作，椅背上堆叠的衣物被不小心碰到，窸窸窣窣往她身上滑落，将她的视线埋进黑暗里。

视觉暂时被剥夺，其他的感官更敏感了几分。

那边的人低笑了声："没，就想听听你的声音。"

慵懒微哑，带点故意的坏，听筒的震动从耳膜传至心脏，酥麻一片。

像是他突然在黑暗中凑近，就连呼出的气息都若有似无地落在耳际。

陷在柔软的布料中间，周亦澄声音平静地"嗯"了一声："那再见？"

"晚安。"

挂断电话，周亦澄从衣服堆里重新坐起来，视线重新被灯光照亮。

她抚上自己的脸颊，满手滚烫。

指尖再向下，嘴角不知什么时候，已经翘起了一个极小的弧度。

年后两天，周亦澄陪着魏宇灵回了趟老家，和一帮关系不远不近的亲戚吃了几顿饭。

周亦澄考上泽大这件事一直是魏宇灵心中的骄傲之一，每一年见到亲戚的时候都要拿出来好好说道一番，这次也不例外，周亦澄自知抵挡不过。

乡下没有什么能逛的地方，周亦澄奉家长之命带着一群小孩儿到镇上逛了一圈，小孩儿想去玩蹦床，她就坐在一边百无聊赖地刷手机。

寝室小群里正聊春节档的某部电影，据说是今年的黑马，口碑不错。

群里其他三个人都是泽城本地人，聊着聊着便开始约起来，说是过两天一起去看。

聊着聊着，不知道是谁突然把话题往偏了带。

江雨心：【是谁远在津市过不来我不说，要不要打个视频远

程一起看呀？】

卓琳：【@周亦澄要不然现在坐个飞机过来呀？我报销一毛机票钱！】

梅天晨：【看完电影还要一起去吃海底捞，到时候拍照馋你哦！】

……

大家都没有恶意，算是朋友之间的相互打趣，周亦澄看着群里不断滚动的表情包，无奈地回了一个委屈的表情，回头就收到江雨心发来的红包，说是请她看电影。

周亦澄还蛮喜欢收集这种朋友之间的小细节，截了张图分享到朋友圈：【明白了，十五号就去看。】

不多时，就瞧见余皓月在下面的评论。

余皓月：【走啊！！！一起去哇！】

周亦澄刚私聊她，左上角又弹出来另外的消息提示。

裴折聿：【下午六点可以吗？】

裴折聿：【票买好了。】

裴折聿：【[图片]】

周亦澄有些惊讶，下意识地回：【好快。】

她想了想，又有点遗憾地回道：【可是余皓月已经约我了。】

那边屏幕顶端显示了短暂的一秒"对方正在输入"，又消失。

周亦澄等了会儿，没等到他的回复，正准备切回去跟余皓月说，那边突然连着发过来两条。

裴折聿：【没关系。】

裴折聿：【我可以多买一张。】

不知道为什么，周亦澄脑子里蓦地浮现了那人有点委屈却故作镇定的模样。

她忍不住弯了弯眸子：【那拜托你了。】

很奇妙的感觉。

好像在他面前，稍微肆无忌惮一点也没有关系。

初五之后，各家商铺开始陆陆续续恢复营业，街道上也一天比一天热闹起来。

周亦澄到电影院门口的时候，余皓月已经早早等在那里，手里握着杯奶茶冲她挥手。

"就等你了。"余皓月笑说，"记得你平时都要提前到好久，结果我这次特地早了点过来，没想到你反而踩着点了。"

"等公交车等了好久。"周亦澄简单解释了一下，往周围看了看，"裴折聿呢？"

"他啊——"余皓月也环顾四周，摇摇头，"谁知道呢，刚才还在的，也不知道干什么去了。"

正嘀咕着，她眼神一转，从人群中搜索到目标，朝那边指了指："在那儿！过来了！"

周亦澄顺着余皓月的指向看过去，正好看见裴折聿颀长的身影拨开人群，拿着杯奶茶走向她。

"什么嘛……原来是去买奶茶了。"余皓月撇撇嘴，带着周亦澄朝他走过去，"差点儿以为你失踪了。"

"在这儿待那么久也没见你取票啊。"裴折聿云淡风轻睨过她一眼，把手里的奶茶塞到周亦澄手里。

手心突然被温热占领,周亦澄看向裴折聿,对面人仍在和余皓月说话,轻松地收回手。

她眨眨眼,默默喝了一口。

趁着裴折聿去取票的工夫,余皓月拉着周亦澄又去前面买了一大桶爆米花,这才心满意足地进了影厅。

裴折聿买的是最中间的位子,落座时周亦澄在中间,一桶爆米花三个人吃,她自觉地承担了捧着爆米花的任务。

余皓月看电影时嘴巴停不下来,一直伸手过来抓爆米花,电影放到一半,桶里的爆米花就被她以一己之力消灭了一半。

裴折聿坐下之后就没怎么动过,闭着眼像在假寐,任由声音多大也能岿然不动的模样。

周亦澄见裴折聿没吃,索性把桶往余皓月那个方向偏了偏,没想到过了会儿另一边就伸出一只手,勾着爆米花桶的边缘,又带了回去。

周亦澄怔然,侧头看向一边。

裴折聿神态自若地睁眼看了看大屏幕,手还伸着搭在爆米花桶边缘。

周亦澄默默把爆米花桶往他的方向挪了挪,看见男人被光线模糊的眉眼似是微微舒展了几分。

"……"

幼稚。

电影散场,余皓月先行挥了挥手告别,周亦澄把人送上出租车,才放心地准备去打车。

衣服后面的帽子却忽然被人勾住,她顺着力向后退了两步,又站回了裴折聿身边。

裴折聿微一俯身,靠近她询问:"一起回去?我开车。"

周亦澄手指动了动,轻轻点头。

裴折聿的车停在另一边,从这边过去要横穿过一条商业街区。

入了夜,路两边各种小吃摊便支了起来,一路走过去,千奇百怪的调味料混在一起,香气肆意弥漫。

这时候正是这边人最多的时段,灯光与喧嚷的人群辉映,像是连成了一片海,周亦澄混在人群中,抬头便看见被插得高高的糖葫芦。

她朝人群边缘站了站,在糖葫芦摊前停下来。

裴折聿感觉到她的动向,也跟着停下来,看了眼糖葫芦,问她:"想吃吗?"

周亦澄摇摇头:"不用。"

裴折聿没再问,而是拿了一串,直接付钱。

周亦澄想阻止却没他动作快,只张了张嘴:"……"

手里捏着长长的糖葫芦串,周亦澄走路的时候多了几分小心,生怕被旁边人群挤到,给人衣服上蹭上点什么。

往前多走了两步,她才纠结着扯了扯裴折聿的衣角,声音有点儿虚:"我真的不吃山楂……刚才只是想看一看有没有草莓的而已。"

裴折聿脚步顿了顿,伸手从她手里把糖葫芦拿了过去:"知道了。"

男人一身黑白灰色调,身形瘦削,神色淡淡,然而手里却握着一串鲜红的，与他气质极为不符的糖葫芦。

他一边若无其事地往前走，一边往糖葫芦上咬了一口，碎掉的糖片亮晶晶沾在嘴角。许是山楂确实酸，他不太习惯这个味道，偏过头龇了龇牙。

周亦澄难得见他吃瘪的模样，觉得新奇，忍不住轻笑出声。

裴折聿舔舔嘴角，睨她一眼，纵着她一样没说什么。

又走了一段，他突然撇下她，越过人群往另一个方向走去。

周亦澄以为他生气了，反应了一会儿才有些忐忑地跟上他，还没跟到人身后，就见他再一次分开人群，走回了她身边。

手里除了刚才咬了一口的山楂串，还多了一串草莓的。他走过来递给她："你要的草莓。"

周围人群如波浪般缓慢涌动，他停在她眼前，小心地护着手里的草莓串，明明是一副很随意的表情，周亦澄却莫名从他的动作里看出了点笨拙。

周亦澄讷讷接过，胸腔里倏然冒了些热热的温度。

回去时天色已晚。

车停在周亦澄小区门口，车里暖气开得很足，给人一种轻微缺氧的困顿感，周亦澄在路上眯了一小会儿，醒来的时候不知道已经过了多久，迷迷糊糊看见裴折聿收回拍向她肩膀的手。

"到了。"

"唔……"周亦澄撑起身子，清醒了一下，转眼，便见裴折聿微微阖上了眼，单手揉捏着鼻梁。

环境静谧下来，周亦澄眨眨眼，借着打到他脸上的灯光，看清了他眼底的倦色。

和方才的状态完全不同。

之前他全程一副游刃有余的模样，只有在这会儿，在灯光下，放松下来时，才隐约透露出些微疲态。

虽然很轻微，但周亦澄总觉得不大对劲。

她想起看电影的时候，裴折聿也总是闭着眼，看起来总有种兴致缺缺的感觉。

他好像真的很累。

许是周亦澄盯得太明目张胆，裴折聿很快察觉，戏谑偏头："等着我帮你解安全带？"

周亦澄耳朵尖很快染上薄红，别过脸，便听到轻微的"啪嗒"一声，裴折聿摸了根烟出来，打开打火机点燃。

他眉宇淡淡皱起，向后靠着，双眼匿在阴影里，不像是抽着玩，更像提神。

周亦澄解开安全带的动作慢下来，忍不住问出口："……很累吗？"

"还好。"很快一根烟便抽完，裴折聿呼出一口气，闭上眼，脖子无意识地向旁边歪了歪，又重新坐直，呼吸间带些不稳的微颤，"至少这么一小段路，还能开得回去。"

周亦澄半信半疑地"哦"了声。

感觉旁边人还没有要下车的意思，裴折聿抬了抬眼皮："不回去了？"

周亦澄默了默，窸窸窣窣地朝他凑近一点："……很累的话，要不要……靠一下？"

裴折聿拿烟的手动了动,眼睛睁开一条缝。

周亦澄刚说完就有点想反悔,感觉到男人微妙的目光,肩膀一耸,作势便要往外挪。

下一秒,她便感觉肩头一沉。

男人浅浅的呼吸临近,声音带着放松:"谢谢。"

淡淡的烟草味缭绕在鼻息间,和之前周亦澄闻过的不一样,更清冽一点,她不排斥这个味道,只是肩膀怎么也放松不下来。

太近了。

这样几乎可以被称作"依赖"的姿势。

周亦澄双手搭在膝盖上,手指向内无意识收紧,却又努力调整着一个让两人都相对舒适的姿势。

温度有些高,宁静的氛围中,交叠的暧昧丝丝缕缕扩散。

车内什么声音都彻底平息,光线只微弱照亮这一小片天地,车窗外时常闪过路人的身影,像是不断有人经过他们的世界。

良久,周亦澄感觉到肩上的重量减轻了些。

裴折聿坐直身子,脸色好了许多,像是陈述般道:"我过两天得回泽城去,这个假期就不回来了。"

周亦澄没想到裴折聿会突然跟她说这事儿,坐直之后稍微顿了一下,想了想:"……那开学见?"

裴折聿打量她一本正经的表情两秒,慵慵懒懒地勾唇笑起来,尾音带了几分哑:"嗯,开学见。"

十多天说长不长,说短也算不上短,度过了最冷的时段,天气开始逐渐暖和起来。

虽然还没到温暖的地步,但也不至于过得像凛冬那样厚重。

泽大三月开学，二月底的时候，裴折聿来问过周亦澄一次几号的飞机，说要来接她。

泽大和机场的距离还蛮远，坐地铁得坐一个多小时才到，周亦澄不太愿意麻烦别人，却又一如既往地说不过他，只得同意。

二十七号，周亦澄在候机室啃面包的时候，收到了裴折聿的消息。

裴折聿：【几点到？】

确认飞机没有晚点，周亦澄回：【四点。】

裴折聿：【行，到时候见。】


放下手机，周亦澄看向高高的玻璃窗外。

今天阳光很好，廊桥之外一架架飞机表面反射着渐近的日光。

心里就像一下开启了名为"期待"的开关，剩下的时间被拉得很长。

两个小时后，飞机顺利落地泽城机场。

退出飞行模式的那一刻，周亦澄便给裴折聿发了一条"到了"。

但直到等待托运的时候，也没有收到对方的回复。

也许是还在开车。

周亦澄这么想着，又发过去一条消息：【我出来等你。】

国内到达大厅人来人往，周亦澄提着笨重的行李箱从一个个接机的人面前走过，来回扫了好多次，也没有找到那个熟悉的身影。

如果他真的站在人群中，她相信自己一眼就能找到他。

可是她没有看到。

明明裴折聿应该不是会迟到很久的人才对。

周亦澄看了一眼仍未能等到回复的消息界面，呼吸间肩膀缓慢起伏一阵，随便找了家咖啡店坐下。

时针从四点等到五点，接机的人换了一茬又一茬，她依旧没有等到回复。

是碰到了什么急事，没有看手机吗？

可至少，也得给她发条消息说明一下吧。

五点半。

手里一开始滚烫的咖啡已经凉透了，周亦澄心不在焉，没喝两口，拿着起身，也不管裴折聿看不看得到，给他发了一条我自己先回去了，便去搭地铁。

折腾一阵回到寝室，天已经快黑透了。

寝室里返校的只有她一个人，灯开了半边，看起来有些昏暗又孤零零的感觉。

周亦澄铺好床，把东西都收拾了，过了一阵拿着手机的时候，还是忍不住打开和裴折聿的聊天界面。

仍没有收到新消息。

她叹了口气，退出去，才发现屏幕底部一直浮着一个红点。

周亦澄点进去，发现是一条好友申请。

陌生的头像和陌生的名字，申请内容却一下抓住了她的全部视线。

【我是陆舒颜。】

陆舒颜。

即使过了那么久，她对这个名字的敏感程度仍存，像是条件反射般忍不住轻微心梗。

也让她一瞬间想到了裴折聿。

除了裴折聿,她们之间应该没有任何交集才对。

所以是关于裴折聿的事吗?

思及此,周亦澄心头一紧,迅速点了通过。

下一秒,在好友通过的消息弹出来后,那边很快发过来一条——

【裴折聿在第四医院,事发突然,没来得及和你说一声。】

【你可以过来一下吗?】

医院!

周亦澄瞳孔骤缩。

像是心里不好的预感,在瞬间得到印证。

几乎是在看见消息的同时,她便攥紧了手边的帆布包,飞快回:【好。】

去往四医院的路上,周亦澄忽然想起上次自己被杨宇尧用裴折聿的身体问题骗到KTV的事情。

那件事留给她的印象实在深刻,以至于她这会儿坐在车上放空自己的时候,还会忍不住对未知感到不安。

车子摇摇晃晃,她按开手机,试探性地给陆舒颜发消息:【裴折聿他怎么了?】

那边的人估计一直拿着手机,很快回:【没大事,就是疲劳过度,差点儿猝死。】

看到这几个字眼,周亦澄心头一刺,大脑也短暂地蒙了蒙。

车停在了四医院门口，像是悬着的一颗心找到了落下的地方，她快步按着陆舒颜指示的地方上楼。

走出电梯间，陆舒颜就坐在最近的那排椅子上，见她过来，笑着冲她招招手："这里。"

刚才走得有点儿快，周亦澄分不清自己现在是因为什么心跳过速，掌心挨着冰凉的瓷砖轻喘，还没开口问话，陆舒颜已经抢在她前面开口："他刚醒，问题不大。"

周亦澄心里的石头刚落地，又听她状似无意地提了一嘴："他这段时间都挺不要命的，出这种事儿也不意外。"

周亦澄原本微弯的脊背猝然绷直，张张嘴："他……"

"因为你。"陆舒颜像是早就猜到她会说什么，拍了拍旁边的座位示意她坐下，这才开始说，"他家的事没有你想象的那么简单，特别是以他现在的处境，要想掌握什么，不是一件简单的事。

"但如果不是想把你没有后顾之忧地留在身边，对他来说，那些都挺无所谓。"

这番话说得周亦澄有些云里雾里，但她没说话，沉默地与陆舒颜对视，等她的下文。

"那些事他肯定没有和你说过，按照正常的剧本发展，我这个时候应该把所有我了解到的关于他的事都告诉你，"陆舒颜笑笑，无奈摊手，"但他那性子，我还挺害怕的，更别说把你叫过来都是我背着他干的，所以在未经他允许的情况下，还是让他自己跟你说吧。"

她说着站起来："既然已经把你叫过来了，我的任务也就完成了，他就在317病房，再见？"

"欸?"

周亦澄见陆舒颜就这么毫不留恋地要离开,开口问:"你不待在这里了吗?"

"我在这儿就是为了等你过来照顾他呀,"陆舒颜理了理衣摆,理所当然道,"况且,我一个有男朋友的人,留在这里于情于理都不合适吧?"

"……"

周亦澄其实完全没有想到,自己和陆舒颜相处的情况竟然可以这样和谐。

陆舒颜的脚步很轻快,行至楼层拐角处的时候,忽然又停了下来,转身,发现周亦澄还没动,冲她弯了弯眸。

"周亦澄,我挺羡慕你的。

"他这人平时散漫惯了,不上心的东西怎样都随意,但一旦认定了什么,就必须要百分百地握在手里,不允许出现任何差池,为此连命都可以豁出去。"

陆舒颜的声音浅浅回响在空旷的楼道里,带着些许释然。

"而你,是他唯一认定的人。"

病房的门被轻轻推开。

病床上的人静静躺着,闭着眼,苍白的脸上不见血色。

大片的纯白包裹着宁静,周亦澄上前的脚步声放得很轻很缓。

男人手背上还挂着水,露出的一截手腕间,微凸的青筋清晰可见。

他好像又睡着了,模样比之前瘦了点儿,双眼闭得很浅,密而长的睫毛在眼底投下很淡的阴影。

周亦澄坐在床边,像是出神般地盯了他一会儿。

然后,她转身,就着水壶倒了杯温水,自顾自喝了口,放下杯子后,淡声说:"陆舒颜告诉我,你已经醒了,又睡着了的话,我就先不打扰你了?"

话音未落,病床上的男人倏地睁眼,起身时精准地捉住她的手腕,将她往自己怀里带。

周亦澄身子向前倾了一下,与他距离骤然缩短,近在咫尺的浅褐色的瞳孔浮着痞坏笑意:"这么狠心?"

"……小心一会儿针头歪了。"

距离缩短得太过突然,周亦澄羞红着脸挣扎了几下,裴折聿放开她,眼里没有多少意外:"陆舒颜走了?"

周亦澄点点头:"你都听到了吗?"

"这医院隔音不太行,门也没关牢。"裴折聿懒洋洋道,"她估计也是故意说给我听的。"

周亦澄莫名有点庆幸自己刚才没有话多,默默地给裴折聿倒了杯水。

裴折聿看得出她动作有些微的不自然,手肘撑在一边的柜子边缘,手背抵着下巴,有些头疼道:"既然她都告诉你一半儿了,剩下的我也没理由不和你说。"

周亦澄眼睫毛上下动了动,看着他,欲言又止。

"又不是什么说了就会死的事,不勉强。"裴折聿看出她的犹豫,解释道,"只是怕你担心,想等一切尘埃落定了,再好好告诉你。"

周亦澄听了一个不算很长的故事。

穷小子钓上富家女，掌权人老爷子病重后，夫妻二人原形毕露，他们表面恩爱模范，背地里明争暗斗不断，孩子出生便不受待见，童年的关键词只有孤独黑暗，终日与扭曲的环境为伴。

直到初中时，远在另一个城市休养的老爷子终于听闻风声，把他接到了身边，无人管教，少年就此肆意生长。

直到高二那年，老爷子再也支撑不住，撒手人寰。那时众人才知道，原来很早以前，老爷子所指定的继承人，便已经跳过了厮杀不断的夫妻二人，少年在一无所知的情况下，被迫再一次卷入乌烟瘴气的纷争之中，生活再一次坠入谷底，天翻地覆。

裴折聿陈述的时候语气很平静，像只是在讲别人的故事，周亦澄听完，却有些不知所措。

这种近乎于揭伤疤的事情她一般不会去触碰，她不太会安慰人，而且她也会跟着难过。

她没有想到，在那个暑假遭遇剧变的，不只有她一个人。

曾经在至暗时刻给予她光亮的少年，在那时竟然也同她一样深陷于黑暗之中。

周亦澄一时不知道该说什么，嗫嚅两下，而后干巴巴地问："……所以，你才会从明达转来一中的？"

"嗯，我自己提的。"裴折聿说，"当时没想那么多，就想逃得远一点让他们放过我，没想到他们直接让陆舒颜来盯着我。"

"噢……"

提到陆舒颜，周亦澄眼神闪了闪。

裴折聿问："她刚才没有欺负你吧？"

周亦澄摇头:"没。她人不错的。"

"那就行。"裴折聿笑,"她那会儿其实向着我这边,中间帮了我挺多。那会儿过得荒唐,对喜不喜欢无所谓,她说试试的时候,我也就没拒绝。

"不过确实只是有好感,没多久就坦白了,还闹了段时间不愉快。"

说到后面,周亦澄觉得他更像是在向她交代自己的情史。

裴折聿说完,停顿了几秒。

周亦澄没吱声,看着他。他眉一扬:"你看,无论是家庭和感情,我都没有你想象的那样好,现在还成了个病秧子。"

周亦澄皱皱眉,纠正:"你只是疲劳过度。"

还有一点胃病。

裴折聿凑上来:"所以,不嫌弃我?"

周亦澄躲了一下,见他眼尾弯出一个极为漂亮的弧度,勾人夺魄。

清冽的气息混着消毒药水的气味钻入脑中,周亦澄紧张地咽了咽口水,忽然又听男人几不可察地轻叹口气。

他认输般低下头,几乎与她额头相抵,垂眸看着她,眼尾仍勾着笑。

"我就想告诉你,虽然我这人好像挺烂的。

"但至少,如果你不嫌弃我,我可以在你想要的未来里,努力做一个好人。

"毕竟,家里还有个姑娘,在等我养。"

视野里那双浅褐色的瞳眸再一次放大,周亦澄这一次能清晰地看见眸中倒映的自己的身影，置身于如星辰般璀璨的碎光里，无比清晰。

瞬间，周亦澄心底像是被什么击中，她张张嘴，又屏住呼吸，因缺氧而有些晕晕乎乎。

裴折聿耐心等她反应了一会儿，抬手停在她的颊侧，循循善诱："……可以吗？"

却见周亦澄侧了侧身，避开了他的动作。

裴折聿动作微滞，眼神微暗。

他正想开口说没关系，低头却发现自己的袖口被人悄悄攥住。

周亦澄声音有点别扭，像是犹豫了很久才敢开口。

"我不会接吻……你教教我。"

裴折聿猛地一怔。

下一秒，他勾了勾唇，轻笑自喉间溢出，骨节分明的大手反客为主，覆盖在小姑娘的手背上，另一只手扣住她后脑勺："行。"

## 第七章

### 纵一身褴褛，纵人海逆行

病房内寂静无声。

病床边的影子交叠在一起，极尽温柔缱绻。

眼前的光线彻底暗下来，只有唇上温热异常清晰。

呼吸交织在一起，周亦澄不敢睁眼，眼睫毛不断颤抖。

"放松。"

近在咫尺的低沉嗓音荡开些许蛊惑，裴折聿笑了声，扣住她后脑勺的力度深了些。

只是一个吻而已，她不知道为什么他能吻得那样欲。

周亦澄手腕因紧张而不安分地胡乱颤动，被裴折聿游刃有余地抓住。

两人手指交缠在一起，她能感觉到男人轻一下重一下地揉捏。

刺激感自神经不断蔓延，她呜咽一声，求饶般沁出点泪花。

时间仿佛在这一刻被无限拉长。

不知过了多久，裴折聿终于舍得放过周亦澄，餍足地勾着唇，观察小姑娘盈满水光的眸子："不过亲了一下，这就受不了了？"

这哪里是一下。

周亦澄抿抿唇,别过脸去,心弦乱颤,还没缓过神来。

头顶忽然被一只手轻轻压了压,将翘起的凌乱发丝压下去,含混笑出声。

"不欺负你了。"

周亦澄拨开他的手,慢吞吞地把扎在脑后的发圈摘下。

裴折聿耐心等了会儿。

小姑娘微卷的黑发倾斜在颊侧,遮挡住仍未消退的绯红,眸底仍一片水光颤颤,明明慌乱害羞得不行,却还故作镇定。

纯得要命。

裴折聿只觉心都跟着软了下来。

还未等周亦澄把头发理好,身旁被单就发出了窸窣声响,裴折聿没忍住,伸手过去把人箍进怀里。

周亦澄僵了僵,没挣扎。

"澄澄。"

裴折聿手臂又收紧了些,下巴搁在她颈侧,有些不稳的气息落下,如那个吻一般温热而湿润,像是呢喃,又像是喟叹——

"好喜欢你。"

周亦澄不知道自己是怎么回到寝室的。

她蒙着脑袋洗漱完躺回床上,关上灯,盯着漆黑一片的床顶,才意识到这一天到底都发生了什么。

她抚了抚唇,脑子里又响起裴折聿那句很轻的"好喜欢你"。

这算是……在一起了吗?

算吧。

亲都亲了。

被子拱起一个起伏的弧度,周亦澄把自己缩在本就狭小的空间一角,无意识地拿出手机,点开微信,然后对着列表最上方的"裴折聿"这个备注发呆。

是不是该聊点什么?

心头不真实感尚存,明明喜欢了他那么久,也无数次幻想过他真的向她走来,但当这一切都成真的时候,最不知所措的,还是她自己。

毕竟想归想,她从未奢望过这样的可能。

缺乏恋爱经验,周亦澄觉得自己现在就像是一张白纸,完全不知道该怎样适应这样的身份转变,又要怎么以男女朋友的方式和裴折聿相处。

她想了想后,有些挫败地将手机丢在一边,却感觉到屏幕再一次亮起。

裴折聿:【睡了吗?】

周亦澄把自己蒙进被子里:【没,还不困。】

裴折聿:【有空一起去看电影?】

裴折聿:【要不就明天?】

面对这个直截了当的约会邀请,周亦澄翻了个身,犹豫片刻:【你现在还在医院,等身体好些了再说吧。】

裴折聿欣然接受:【行。】

过了会儿,他补充:【这次不能再叫上别人。】

语气莫名带着一种耿耿于怀的感觉。

周亦澄盯着屏幕，眨眨眼，忽然笑了：【知道啦。】

是约会啊。

暂时定下来了日期时间，两人有一搭没一搭随便聊着，不太像周亦澄见过的一些情侣之间黏黏糊糊的语言，她反而觉得自在。

和裴折聿互道晚安后，周亦澄躺在床上半个小时还是没能睡着。

不知道是不是少女心思作祟，想要昭告天下，又想把人私藏，点开朋友圈又退出好几次，最后发了一条"今天很开心"，仅裴折聿可见。

发完她便睡了过去，半夜迷迷糊糊醒过来看手机的时候，发现有一条未读消息。

来自裴折聿——

【My pleasure.】

开学后各种事务繁多，熬过了头两个星期的各类作业考试，临近约定好的周末，周亦澄终于得了空。

这段时间两人不乏微信和电话交流，虽很少能见面，但感情却在日常的点点滴滴中，平稳而缓慢地升温。

三月入春，泽城渐渐转暖，周亦澄挑了一身毛衣长裙配不算厚的大衣，也不会觉得冷。

裴折聿开车来接她，她坐上车，才发现对方的衣服和她刚好是同个色系，而不是平时习惯的黑白灰。

还挺像情侣装。

裴折聿也发现了这个细节，噙着笑打量了她一会儿。

周亦澄被他的视线看得有点儿不好意思，系好安全带之后小声问："……不好看吗？"

"好看。"

裴折聿弯着唇看着小姑娘不自在地扯了扯围巾，恨不得直接把人捞怀里。

她这种小心翼翼中不自觉透露出的迷茫可爱，他压根儿招架不住。

他觉得自己像是上了瘾，却又甘愿沉沦此间。

车一路开到目的地，下车的时候，裴折聿终于没忍住，伸手去捏着小姑娘下巴，往她嘴角亲了一下。

很轻的触碰，如蜻蜓点水一般。

周亦澄打开车门的动作小幅度顿了顿，被他放开的那一刻，迅速逃也似的下车。

留裴折聿在后头笑出声。

周末的电影院一如既往地挤，周亦澄始终走在裴折聿斜后方一步的距离，被他护着破开人群，朝里面走。

忽然被人挡了一下，她停下来，稍微落后了一点，望着裴折聿的背影，有些纠结要不要牵手。

周围情侣一对又一对，十指相扣抑或是手挽着手，好像只有他们看起来有些生疏。

但她不是个擅长主动提出要求的人，就算在心里纠结半天，也不太敢直接上前跟裴折聿提。

毕竟是正式意义上的第一次约会，总有些拘束。

裴折聿往前走了三步，察觉到身后人似乎没有要继续跟上来的意思，停下脚步，十分自然地伸手去把人牵住，往自己身前带："怎么了？"

手心热意贴近，周亦澄如梦初醒，舔了舔唇："……没。"

感受到小姑娘手上有些冰凉的温度，裴折聿皱了皱眉，转而把她的手塞进了自己的衣兜里，带着她继续往里走。

裴折聿的衣兜很宽大，层层叠叠的温暖自四面八方传来。

裴折聿的手也很大，包裹住她的手毫不费力，却也一点都不强硬。

周亦澄走得依旧很慢，裴折聿也就慢下来迁就她。

两个人就像是隔绝了周围的一切喧嚣，慢慢悠悠地走着，交握在一起的手不时轻微摩挲，他们都没有说话，静静感受对方掌心的纹理。

万籁俱寂，周亦澄只听见自己心脏"怦怦"直跳的声音。

毕竟是约会，两人挑了青春恋爱题材的电影看，进到影厅时，里面已经坐满了情侣。

裴折聿若有所思地扫过去一眼，周亦澄刚找到座位坐下，就听身边人低声自言自语了一句："还挺适合接吻。"

话里的意思太过直白，周亦澄轻轻掐了他一下，收获一个吊儿郎当的低笑，裴折聿痞笑着偏过头来："不愿意？"

周亦澄没应声，一本正经地假装没听见。

放在大腿上的一双手却有些紧张地缠绕在一起。

其实也不是不愿意。

影厅暗下来，漆黑一片中，周亦澄甚至莫名有了些忐忑和期待。

可还没等到她的忐忑和期待成真，电影播到中途，她便因为太过无聊，加上前几天没怎么睡好，闭了闭眼便迷迷糊糊睡了过去。

周亦澄甚至不知道自己是什么时候睡着的，再醒来时，电影已经接近结尾。

她睡得有点蒙，嗓子干渴，一开始没反应过来这是哪儿，待到意识回笼时，才发现自己的姿势还是歪倒着的。

她的脑袋靠在裴折聿的胸前，两人之间的座椅扶手已经被推了上去，裴折聿拿手托着她，这才让她不至于栽下去。

周亦澄不知道他什么时候开始保持这个姿势的，但她只是在心里简单模拟了一下便能感觉到手腕发酸。她抿了抿唇，说："可以把我叫醒的。"

"不用。"裴折聿捏了捏她的脸，手底下一片温软细腻。

电影的声音有点大，他勾唇，凑到她耳边，闷闷地压着声笑："太可爱了，没忍心。"

"……"

"作为感谢——"借着黑暗，裴折聿似乎更肆无忌惮了点儿，"亲我一下？"

周亦澄招架不住，推了推他："……流氓。"

裴折聿扬眉，直接把人压在椅子上亲。

直到被亲得喘不过气的时候，周亦澄才意识到为什么当时订票的时候，裴折聿要选角落的位子。

原来是早有预谋。

电影片尾曲响起的前一刻，裴折聿才肯慢条斯理地放过她。

他从没有像这样食髓知味,难以自控。

灯光大亮,周亦澄小口喘着气,控诉般瞪他一眼,轻飘飘的,毫无威慑力。

裴折聿拇指指腹抹过她亮晶晶的唇瓣,眼底盈着纵容宠溺:"你都说了我是流氓,我这不得坐实?"

周亦澄不太想理他。

看完电影,两个人又绕着这边商业区转了转,随便吃了点小吃后,裴折聿开车送周亦澄回去。

车停在学校门口,周亦澄下车的时候,疑惑地问了句:"你不回寝室吗?"

裴折聿的手臂懒散地搭在方向盘上:"不回,这段时间都在外面住。"

周亦澄点点头。

"怎么?"裴折聿眼里划过一抹兴味,"想一起回去?那我送你。"

见他真要下车的样子,周亦澄连忙阻止:"我自己回去就可以!"

倒也不是怕麻烦裴折聿,而是怕在回去路上这人又忍不住做点什么。

这会儿不算晚,校园里到处都是人,万一碰到熟人,她还是有点不适应。

匆匆下车回到寝室,周亦澄还没开门,就听见寝室里江雨心的哀号传遍了整个楼道。

周亦澄疑惑地蹙眉,推门进去,哀号声越发清晰地传入耳朵里。

"这是怎么了?"她问。

卓琳无可奈何地耸耸肩:"失恋了。"

周亦澄一愣:"啊?"

"准确来说,是还没开始就已经结束了,"卓琳补充,"她的男神官宣了。"

江雨心还在一边装模作样地干号:"我才刚刚搞到他的联系方式!为什么会这样!!为什么!!!"

卓琳离她最近,被号得满脸痛苦地退开:"你消停点儿吧,就算他不官宣,以你这样的,也勾搭不到啊。"

江雨心被狠狠戳中,呆愣了一会儿又开始号:"我不管!近水楼台先得月!我本来可以当齐梓露她表嫂的!"

原本在一边看戏的周亦澄眼皮倏然一跳:"……谁啊?"

周亦澄一出声,江雨心的注意力瞬间从卓琳身上对向她,抹了抹不存在的眼泪:"就我之前跟你说的,在咱们班门口出现过的大帅哥,居然是齐梓露她表哥!我一个暑假软磨硬泡死皮赖脸终于把人加上了,结果话都没说上两句,居然官宣了!"

"啊……"

周亦澄越来越觉得不对劲,心里隐隐有了猜测。

她借摘围巾脱外套的空隙,不安地点开朋友圈看了一眼。

刚一刷新,一张照片赫然入目——

裴折聿:【嗯。】

那应该是趁她睡着的时候拍的,昏暗的光线下,两只手交握在一起,十指紧扣,轮廓有些模糊。

江雨心这时站着号累了,坐回椅子上趴在椅背看手机,估计是又刷到了那条朋友圈,她再一次絮絮叨叨起来:"让我看看是哪个小妖精先我一步……啧,啥都没有啊,藏得真够深……橙子,呜呜呜,快来安慰心碎的我——"

"啊……"

这场景的尴尬程度不亚于社死现场。

周亦澄轻咳两声,一句话也没敢多说,过去拍了拍她的肩膀,转移话题顺便结束话题:"我去洗漱,你早点休息。"

"呜呜呜,好……"江雨心没注意到周亦澄的异样,嘴上还在嘤嘤嘤,情绪来得快也去得快,转头就退出微信,打开了别的软件,"你今晚干什么去了?还是图书馆?"

周亦澄语焉不详:"啊,去看了个电影。"

"哦,这样。"江雨心也就随口一问,听一听也算过去了。

恰好翻到一条好笑的,她抬头刚想和周亦澄分享,发现对方早已不在身前,那边水龙头打开,发出"哗啦啦"的声响。

"怎么跑得那么快……"江雨心奇怪地嘀咕,但也没管那么多,重新低下头,却在视线扫过对面周亦澄椅子上搭着的围巾和大衣时,猛一下瞪大了眼。

她突然不出声了,像是被按下了暂停键一般,不可思议地朝洗漱间飞速望了一眼,然后打开朋友圈,翻到刚才那张照片。

照片色调很暗,但至少能勉强分清外套的颜色。

江雨心努力放大,辨认。

如果只是衣服的颜色巧合，那也就罢了。

但是围巾的花纹，也与图中露出的那一个小角重合在了一起。

再联想到周亦澄刚才说的看电影。

——和谁？

瞬间，江雨心硬生生把那句脱口而出的脏话憋回喉咙里，石化在原地。

她好像真的发现了什么，不得了的东西。

然而还没从震惊中脱离，她又一下子回忆起，之前自己都说了些什么。

……如果真的是她猜测的那样——

她现在逃，还来得及吗？

周亦澄洗漱后发现江雨心已经爬上床了，合上床帘不知道在捣鼓些什么。

尴尬的感觉减轻了许多，她收拾了一下，等到熄灯，也回到床上。

手机上添了几条来自裴折聿的消息，问她回去了没。

周亦澄回他：【已经躺下了。】

裴折聿：【那就行。】

周亦澄原本满肚子的疑惑想要问出来，看到对方那么快就回复了她，莫名便偃旗息鼓。

反而是那边裴折聿像是看透了她在思虑些什么，给她发过来：【就没有什么想问的了？】

话都说到了这份上，周亦澄只得老老实实打字：【你怎么突

然发那条？】

她问得含蓄，裴折聿当然知道她说的"那条"指哪一条：【都在一起了，不发出来炫耀一下？】

周亦澄还没回，便看到他又发来一条——

【这样就能显示我是有主的了。】

周亦澄没来由地脸颊生热，一时不知道回什么。

她撑着身体坐起来，正盯着屏幕出神，忽然感觉床铺抖动一阵，有一个黑乎乎的脑袋钻进床帘里。

周亦澄被吓了一跳，把手机倒扣在身边，这才认出来人是谁。

"江雨心？"

"是我。"江雨心应了一声，鬼鬼祟祟地挤到她身边。

周亦澄不明所以，往旁边挪了挪，给江雨心让位，然后一个手机屏幕直接横在了她的眼前。

江雨心把照片再放大了点，指着上面的衣服一角，一副又兴奋又不安的样子："这个是你，对不对？"

猝不及防被人揭穿，周亦澄下意识想否认，就被江雨心大力地摁住了肩膀，一双"卡姿兰大眼睛"里满是笃定："我都对比过好多遍了，不说百分之百肯定，百分之八十那就是你！"

周亦澄与她坚定的眼神沉默对视好一会儿，见抵赖不过，只得点头承认："嗯……"

心里的猜想得到最终肯定，江雨心差一点直接原地尖叫出声，抓着周亦澄的肩膀压着声满脸嘶吼状："你们是什么时候的事？！"

周亦澄连忙做了一个"停下"的手势，等到缓过气来，才避重就轻地说："高中认识的，挺久没联系，后来又碰到了……就……"

她还是有点没办法坦然说出自己暗恋的事情来。

江雨心呆滞了一秒："好早……"

周亦澄感觉到手中的手机振动，趁江雨心反应的时候，别过头看消息。

裴折聿：【你先别急着回。】

裴折聿：【[图片][图片][图片][图片][图片]】

裴折聿：【喜欢哪一种风格？】

裴折聿发过来的是几张不同风格室内装修的图片。

周亦澄翻了一下，随手选定了一个自己还挺喜欢的，又选了一个觉得比较适合裴折聿的，有些疑惑地问：【怎么突然说起装修的事？】

裴折聿：【家里得重新装修，不然怕我现在这个风格你不喜欢。】

隔着屏幕都能感觉到对方语气的云淡风轻，好像这只是一件极为微不足道的小事。

周亦澄一个字一个字重读了一遍消息，愣了愣，捧着手机，心底震动。

蓦地，有一股难以言喻的安全感荡漾开来，胸腔酸酸胀胀的，一种奇妙的感觉。

原来真的有人，那样自然地，把她放在他的未来里。

并不只是说说而已。

"在干什么？"一旁的江雨心见她半天没动，好奇地凑上来。

周亦澄迅速熄了屏，故作无事，嘴角不知道什么时候翘起的笑意隐在黑暗里。

江雨心秒懂，摆出一个拉链封口的姿势，末了又打着哈哈扯扯她的袖子："之前我那都是开玩笑哈……开玩笑……你别往心里去，我保证没有觊觎你男朋友的意思，真的只是说着玩……"

周亦澄本就不在意这些，分她一点被子盖着，笑说："我知道的，本来也没生气啊。"

"那就好。"不再担心这些，江雨心彻底放松，笑嘻嘻地靠着她，"我懂规矩的！我绝对保守秘密！绝对不跟别人乱说！"

周亦澄眨眨眼，低头重新打开手机："……啊，这个也没关系的。"

"欸？"

周亦澄弯弯眸子，屏幕的微光越发映得她侧颜精致而柔和："因为我也没想过要保密啊。"

江雨心怔了一下，瞥了一眼她的屏幕。

周亦澄刚发出去的朋友圈，是一张一模一样的照片——

【是我。】

……

江雨心觉得自己就像一条狗，走着走着就被小情侣踢了一脚。伤害 double（双倍）的那种。


待到江雨心从周亦澄床上离开，周亦澄再一次点开朋友圈。

如她所想，那条朋友圈发出去没过多久，评论区已经炸开了锅。特别是余皓月，连着发了好几个问号。

余皓月：【？】

余皓月：【？】

余皓月:【?】

余皓月:【不是,你们又是怎么勾搭在一起的啊???】

底下裴折聿已经先她一步回复。

裴折聿:【我追的她。】

正大光明,一如既往地坦荡。

周亦澄再刷新了一下。

余皓月:【好家伙,等于说上次我就是个亮而不自知的电灯泡是吧?】

裴折聿:【嗯,下次约会一定注意。】

余皓月:【你真行。】

周亦澄把脸埋进松软的枕头里,憋笑憋得肩膀都在颤抖。

后来在这个春天里,他们真的约了很多次会,一起看过很多场电影。

裴折聿行动力很强,自从问清了周亦澄喜欢的装修风格后,便开始着手改造。周亦澄中途被他带过去看过几次,见证了那些预想中的计划一点一点有了雏形,再逐渐完善,心里的某一处也仿佛在被一点点填满。

曾经无数次出现在她梦里的人,将她的所有幻想,都变作了真实。

就像是穿越冗长的时光,拥抱住了昔日遗憾破碎的那个自己。

夏日临近末尾,树木仍郁郁葱葱。

余热散尽,泽城九月开学季,那边的装修也彻底完工。

裴折聿带周亦澄去看的时候，经过附近的市场，周亦澄先让裴折聿停了车。

面对男人不解的目光，她轻声解释："待会儿我做饭吧。"

毕竟空着手去别人家，她还是有点儿不习惯。

裴折聿往外看了眼，欣然应允："行。"

把车停在附近，他陪她一起过去。

市场里人不算多，但也闹哄哄一片，裴折聿没来过这种地方，刚走进去的时候有些不太适应这个味道，皱了皱眉。

周亦澄感觉到他的不适应，问："要不你先回车里等我？"

"不用。"裴折聿牵住她的手，带着她在各类摊贩中间穿梭，淡淡看向前方，"晚上吃什么？"

周亦澄想了想："火锅吧……比较方便？"

"行。"

火锅的食材买起来简单得多，周亦澄走在前，不时问一问裴折聿，两个人始终保持着一问一答的模式。

"要肥牛吗？"

"嗯。"

"白菜？"

"不要。"

"鱼丸呢？"

"爆浆芝士。"

……

周亦澄从冰柜里拿东西的时候，裴折聿站在她身边，她一边说着话一边转头，不期然对上了对方垂着的双眸。

他的身影融在身后熙攘的人群里，平白多了几分生活的气息。

她忽然有了一种错觉，一种像是已经共同生活了许久的日常感。

时光仿佛近在眼前，正透过现在，缓缓流淌至很久远的未来。

裴折聿见她站在那里发愣，抬手在她眼前打了个响指："怎么了？"

周亦澄的思绪骤然被拉回来，她摇摇头，抿唇笑了笑："没什么，挺高兴的。"

裴折聿也跟着笑，一只手帮她提着东西，另一只手勾着她的脖子，把她往自己身上带："那就一直这么高兴下去。"

周亦澄头靠在他胸前，隔着薄薄的布料，能清晰听见他平稳的心跳声。

他的皮肤很凉，在夏日炎热的天气里，使得肌肤的互相贴近格外舒服。

嗯。

她在心里说。

就这么一直一直走下去吧。

买好食材回到裴折聿的住处，周亦澄十分熟练地从柜子里拿出了属于自己的那双拖鞋。

蓝色的女士拖鞋和灰色的男士拖鞋并排放在柜子里，隐约透露着温馨。

屋子的整体色调都是蓝灰色系，打开窗帘，外面阳光照射进来，简洁而明亮。

装修的过程中裴折聿一直在征询周亦澄的意见,所以最终呈现的效果都是周亦澄最满意的。她绕着房里走了一圈,虽然大部分的东西她早已见过,但组合成完整的模样还是和之前不同。

所有的日用品都是两份,就像是在无声地欢迎她的到来。

房子不大不小,既不显得空旷,也不显得太过拥挤,是最为舒适的面积。

周亦澄走马观花似的逛完一圈,回来时,裴折聿刚好把所有食材都放到了冰箱里,回头问她:"满意吗?"

周亦澄点头:"很喜欢。"

"喜欢就好,"裴折聿停了停,声音透着几分又懒又坏的感觉,"准备什么时候住进来?"

周亦澄不说话了。

裴折聿饶有兴致地观赏了她闪躲的表情几秒,走过去把她拉进怀里,顺势倒在沙发上,抵着她头顶:"不着急,待会儿去录个指纹,你随时可以进出这里。"

周亦澄被裴折聿像娃娃一样抱在怀里,有些不自在地动了动,又被男人摁在沙发上黏黏糊糊地亲了一阵,才勉强放过她。

被亲得晕晕乎乎间,她满脑子只剩下了一个念头——这个沙发好软。

晚饭时间,空调被开到适宜的温度,红汤锅底"咕噜咕噜",不断往上冒着水雾。

周亦澄好久没吃辣,吃到一半便已经去倒了好几趟水,额头沁出薄薄一层汗，和一旁淡定的裴折聿相比，差距明显。

她有些幽怨地看了看裴折聿。

对方接收到她的视线，也慢悠悠回过来一个眼神，明知故问："怎么了？"

周亦澄："……没有。"

男人好像真的就相信了她的"没有"，低头继续不慌不忙吃着菜。

周亦澄有点儿郁闷，手撑着颊侧，慢吞吞地继续吃着，但因为太麻，根本吃不了多少。

过了会儿，裴折聿大概是吃饱了，拿着碗筷走进厨房。

周亦澄更郁闷了，搁下碗筷一边喝水一边玩手机，想等到嘴里辣意缓解一点，再下桌。

虽然完全没有吃饱。

顺便悄悄给裴折聿发过去了一个"记仇"的表情包。

对方没回，似乎是在认真洗碗。

可是周亦澄等了挺久，也没见他出来。

洗一个碗用得着那么长时间吗？

周亦澄歪了歪头，撑着下巴疑惑。

——不过万一，这人真不会洗碗呢？

思及此，周亦澄沉吟了一会儿，为防止待会儿从里面传出碗盘碎裂的声音，她最终还是决定过去看一看。

她刚一站起来，就瞧见男人端着个碗，从厨房里走出来。

见周亦澄站起来，他眉梢微扬，以为她要下桌了，大步走过来把碗放在她面前："吃完再说，你刚才都没吃多少。"

碗里是热腾腾的清汤拉面。

"家里没什么东西，过段时间再准备齐全一点，怕你饿着，就先凑合着吃？"裴折聿见她还在发愣，直接坐到她身边，用一种商量的语气问。

他身上还穿了围裙，手腕上残留着水珠，明明是桀骜飞扬的一张脸，这会儿却莫名多了点儿居家的感觉。

周亦澄轻轻"嗯"了声，低头乖乖吸面。

水雾氤氲在脸上，映得她的表情有些模模糊糊的。

趁着这个空隙，裴折聿慢慢悠悠地把桌上剩的东西都收拾了个干净。

周亦澄这时面也吃完了，准备端碗回厨房自己洗，低头又看了眼手机，面色忽然有些凝滞。

她看向裴折聿，问他："我能借一下你的电脑吗？临时有个作业马上得交……"

"行。"裴折聿想也没想便轻松应下，过去随手接过她的汤碗，"我去洗碗，电脑在书房里，东西你随便用。"

"啊……好。"

周亦澄还是愣愣的，却忽然觉得，自己好像比之前，更心动了一点。

书房的摆设也很简洁，上面放的书不太多，特意腾出了一半的地儿，每一个细节都像是在期待着另一个人的进驻。

新布置下来的作业时限短又繁杂，朋友圈里夹杂着同学们的激情吐槽，周亦澄一头扎进作业里焦头烂额，全然不觉时间的流逝。

她没关书房的门,但也听不见外面的动静,一边翻着电脑上的资料,一边随便扯了张白纸低头演算。

……

直到快要临近末尾,飞速转动的大脑终于得空休息,周亦澄刚轻舒一口气,就感觉额头被一道轻柔的力度缓缓托起。

"还是和以前一样,一认真就会伏下去,自己都不知道,"裴折聿眉眼间含着淡淡的纵容,"得亏你没近视。"

周亦澄揉了揉稍有些酸痛的脖子,有些惊讶:"欸,是吗……我自己都没发现……"

"高中那会儿你就是这样,一认真起来什么都意识不到。"裴折聿手放在她颈侧,帮她捏了捏,笑了声,"那个时候看着你,我总有点儿自愧不如。"

周亦澄舒服地眯了眯眼:"因为我没有那么聪明啊,所以才要更努力一点。"

她一直知道,虽然自己当时和裴折聿的排名总是只有一位之差,看似努努力就能势均力敌,但其实不然——她和他那样的天才终究隔着一道无法跨越的鸿沟,她没有那么聪明,和大部分人一样学习如逆水行舟,只能努力一点,再努力一点,才能稍微靠他近一点。

所幸的是,她做到了。

裴折聿似是在回忆,停顿了一会儿,才继续:"特别是那会儿晚上打篮球,总能看见那边寝室都熄灯了,你才回家。"

周亦澄睫毛颤了颤:"你看到了?"

裴折聿云淡风轻:"是啊,你每天从那儿过,我怎么看不到?"

周亦澄沉默了下，嗫嚅两下，轻轻"嗯"了声，最终还是不准备把真相告诉他。

她以为他从不会关注到这些细枝末节的小事。

但原来在很久以前，他的目光，也曾在她不知道的时候，遥遥落到过她的身上。

晚上从裴折聿家离开的时候，还没下楼梯，周亦澄又被男人一把拽回来："还没录指纹。"

周亦澄适才想起这件事。

录指纹的时候，裴折聿站在她身后指导，仿佛下一秒就能贴在她的身上。

录好指纹，周亦澄尝试开了一下门，当手压在门把上的时候，手腕忽然被另一只有力的大手握住，带着一种隐忍的感觉。

楼道算得上凉快，但过近的距离烘得两人体温微微上升，夹杂着几分暧昧气息，翻涌时逐渐与心跳的起伏趋同。

楼道的感应灯熄灭了一下，又被微小的动静唤醒。

灯光再一次投射出门前交叠的影子。

裴折聿另一只手揽在周亦澄的腰上，收紧了些，把她困在一方狭小天地之间。

他低头，吻了吻她的耳朵，鼻息浅浅落在她的耳垂，懒洋洋的，带点开玩笑的意味："下次来，就没有那么容易走了。"

"……"

看见小姑娘的耳朵已然变得通红，他收住玩笑的心思，恋恋不舍地在她颈侧啄吻了下，才放开她。

却感觉到小姑娘忽然拽住了他的袖子，反身像是做了一个很重要的决定一般，努力踮起脚吻上了他的唇。

周亦澄很少主动，所以即便两人已经吻过无数次，她的动作却仍带着青涩，小心翼翼试探着他的温度，明明绯红已经从耳尖蔓延至脖颈，仍倔强地与他唇舌交缠。

裴折聿怔松片刻，弯腰深入了这个吻。

不知过了多久，两人的身体逐渐热了起来，周亦澄终于认输般放弃，她听见自己剧烈的心跳，又被男人握住手腕，手心印在了他的胸前。

那是同样剧烈跳动的一颗心。

"澄澄，"昏暗的灯光下，裴折聿的声音被欲望染上了一点喘，"不能再继续了。"

他怕再继续下去，就不舍得让她走了。

周亦澄有点儿站不稳，靠着门板，清凌凌的眼神与他黑沉的瞳眸相交汇，随即迅速别开脸。

她抿抿唇，声音细若蚊蚋："……其实今天也可以，不用走的。"

裴折聿瞳孔微震，眼底的黑色越发深沉："真的？"

周亦澄不说话了，转身要走。

身后愉悦的笑声带点哑，门"咔哒"一声被打开，下一秒，她忽然感觉被人揽着腰带了过去。

门一开一关，两道身影消失在门后。

周亦澄不知道自己是怎么迷迷糊糊被带上床的，她只记得那天晚上，只开了一盏灯的卧室里，男人浅褐色的眼瞳格外亮。

他压着她的肩,最后一次确认般地问她:"可以吗?"

周亦澄咬着唇,环住他的脖颈,将两人距离再一次拉近。

无声胜有声。

倏地,她听见裴折聿笑了声。

男人逆着光,一张笑得懒散且迷人的脸在她面前放大。

他的眸中仍然炽烈地藏着火,却又如风般桀骜肆意,张扬且坦荡。

恍惚间,她好像看见了曾经那个侧头冲她笑的少年。

和那些引她动心的,千千万万个瞬间。

那些瞬间凝聚成现实的画面,终在一朝夙愿得偿。

唇上温热厮磨的空隙,她听见裴折聿含混地说:"我爱你。"

浓郁的情感惹人战栗。

周亦澄闭眼,在朦胧的暗色中无声回应。

如果是她的少年。

如果是她的少年——

她甘愿就此沉沦,不论朝夕。


后来周亦澄遇到过一场辩论赛。

正方的辩题是从未在一起过更遗憾,反方则是最终没有在一起更遗憾。

双方辩论热火朝天,周亦澄坐在下面,隐隐约约听见一边的女孩儿从吵架逐渐变成哭泣。

周亦澄有一瞬回想起曾经的自己,又很快将这个念头从心底拂去。

至少他属于她，遗憾最终未成遗憾。

辩论结束后的某天，周亦澄突然又想起这个话题，于是问裴折聿，他觉得是哪一种更遗憾。

男人一开始没说话，想了想，慢悠悠侧身拥住她，笑得几分慵懒浪荡："这种事情，还是得切身体会才能知道吧？

"可惜，我不会再给你那样的机会。"

周亦澄稍一微怔，小声反驳："可是我之前也不是没有体验过啊……"

如果没有那一次偶然的重逢，又或是没有那些阴错阳差，也许她现在还陷在第一种遗憾里，不断回望过去的那些时光。

可她还没说完，裴折聿像是知道她接下来要说什么一样，轻而易举将她揽进怀里，在她肩窝轻蹭，唔叹一声。

"……以后再也不会让你伤心了。"

男人的声音有些缥缈，却偏如发下誓言一般郑重。

周亦澄张张嘴，忽地鼻子一酸，抵着他胸口，声音有些闷："你说的啊……"

她自己都觉得好像带着点儿恃宠而骄的意味："你不要再骗我了。"

裴折聿轻浅勾唇，于她头顶珍重落下一吻："遵命。"

——纵一身褴褛，纵人海逆行，我将坚定守护我之所爱，至死不渝。

## 番外一

### 关于**醉**酒

周亦澄很少喝酒,甚至可以说是从来不喝酒,所以其实她也不太清楚自己的酒量到底怎么样。

她不怎么适应酒精的味道,觉得发苦辣嗓,裴折聿知道她也不喜欢看他喝酒,于是每次带她出去和朋友一起的时候,会注意去拒绝一切带酒精的东西。

但有些时候还是会有例外的场合。

那天,周亦澄参与的项目临近收尾,她跟的导师是个不错的人,心情一好,便带着学生出去聚了个餐,中途又因为临时有事,先行离开,只留下一群年轻人待在一起。

大家这么久以来也都混熟了,聊天几乎没什么顾忌,欢声笑语地闹成一团,香气热意氤氲在空气之中,气氛惹人上头。

周亦澄也有点儿被带动,于是在一群人商量着要点酒喝的时候,没有拒绝,只有些小声地说自己没怎么喝过酒,可能不太习惯酒的味道,所以要少喝点。

身边师姐揽过她,往她杯子里倒了一半雪碧:"到时候把酒掺这里面试试，实在不行再加点儿可乐？相信我，不是啥黑暗料理，独门配方！"

周亦澄犹豫了一下，尝试着照做。

属于饮料的甜味果然冲淡了属于酒液的丝丝缕缕苦味，周亦澄没想喝多，跟喝饮料一样小口小口啜饮着。

本来就是度数不高的果酒，又用大半杯饮料冲淡，这样的话，问题应该不大……吧？

然而她还是高估了自己的酒量。

喝到第三杯的时候，她便隐约感觉到了一股困倦。

即使她还没有醉酒的经历，此刻也能意识到，这并不是什么玩累了而生的困意。

虽然这会儿早已是酒过三巡，桌上的人微醺着高谈阔论的也不少，但周亦澄脸皮薄，还是怕在众人面前失态，于是趁着没人注意的空当，先给裴折聿发了条短信过去。

周亦澄：【你现在可以过来接我一下吗？】

那边的人几乎是秒回：【哪里？】

周亦澄把定位发了过去，没过多久，那边便发过来一个：【出发了，十分钟。】

没有任何多余的询问。

收到对方的消息，周亦澄一颗心顿然落地，抬头时已经感觉到自己的动作逐渐变得迟钝起来。

起身和众人告辞后，她估摸着时间，坐在大厅的沙发上，想着低头玩手机打发时间。

于是，裴折聿赶过来的时候，看到的就是这样一幕——

饭店门口等位的小沙发上，小姑娘向后微微侧倒，半个身子都像是要陷进去了一般，拿手机的手垂在沙发边缘，一副要掉不掉的模样。

她没睡着，半睁着眼，也不知道在盯着哪儿发呆，整个人软绵绵的，看起来有气无力，黑发垂落，压住了泛着绯色的小脸。

裴折聿有些担心地走上前，小姑娘似无所察觉，仍半合着眼发呆。

见状，裴折聿大概也明白是怎么了，轻叹一口气，半蹲下来，温柔地戳了戳她的脸颊："喝酒了？"

周亦澄好像在这时候才注意到面前人的存在，眨了眨眼，有些迟钝却努力地朝他的方向聚焦，没回答他的问题，而是软声软气地开口："……你来啦？"

不知道是不是酒精的作用，小姑娘的声音沾染了些糯糯的感觉，带点气音，软得像是漾起了一池春水。

她反应了一会儿，才挣扎着想要站起来，脚步刚挪了一下，就险些被自己的另一只脚绊上一跤，直直向前倒去。

裴折聿眼明手快地接住她，像拎小鸡仔一样帮她稳定身形。

直到她站稳了，他才小心地松开手。

周亦澄的意识还停留在刚才的问题上，仰头盯着他，眼瞳稍显涣散，两只手手指绞在一起："……就一点点，我没醉。"

裴折聿用怀疑的眼神盯她两秒，自知无法和醉酒的人讲道理，于是无奈笑着顺她来："是，没醉，我们回家？"

周亦澄轻轻哼出一声，牵着他的袖口，又被他包裹住整只手。

车停在饭店后面的停车场，走过去时，周亦澄被裴折聿牵着，脚步有些虚浮，但坚持要自己走，一会儿绕到裴折聿左边，一会儿又绕到右边，嘴里还不时哼着些意义不明的歌。

夏夜晚风飘着淡淡湿润的气息，裹挟着少许的凉意，道路两旁灯影绰绰，不断将两道身影缩短拉长，交错缠绕。

上车时，周亦澄还有点儿不安分，嘴里不断小声唤着裴折聿的名字。

裴折聿倒也耐心，一声接一声地应，周亦澄念一声，他就照着答一声。

车顶昏黄灯光打下来，小姑娘睫羽耷拉着，不时轻轻颤一下，低头拨弄指尖。

"裴折聿——"

"嗯。"

"裴折聿——"

"嗯。"

"裴折聿——"

"我在。"

……

突然，周亦澄双眸一抬，好像暂时清醒过来了一样，侧撑着身子朝他凑近，声音含含糊糊地拔高："不对，你怎么也在这里！你不能喝酒的！"

她好像把这儿当成了还在饭桌上，一边讲着，一边作势便要去捂住裴折聿的嘴。

醉酒的人总是不讲道理。

裴折聿一下子被捂住嘴，薄唇感受着小姑娘干燥柔软的掌心，身子兀地僵了僵，随后纵容地弯起眸，乖乖配合。

小姑娘又靠近了他一点，明明眼底满是迷茫，却偏偏就清亮得惊人。

她认真地问："你喝不喝？"

裴折聿用眼神示意她先松开手。

周亦澄于是先松开了手。

她手腕刚一挪开，便感觉到掌心一阵酥酥的痒意。

"嗯，不喝了。"

男人说话时不知是不是故意压低了声线，淡淡的气息熨在她掌心，带着点湿润的温度。

他调整姿势一般的略一倾身，薄唇有意无意地再次擦过她的掌纹，像是在她的手心落了一吻。

周亦澄似乎又没反应过来，飞快眨动了一下眼，而后缩回去，慢吞吞地盯着自己掌心瞧。

"……不喝就好。"她想了想，认真又诚恳地得出了这个结论。

裴折聿爱极了她这副迷迷糊糊却又故作严肃的模样，眼尾又勾起几丝宠溺。

周亦澄又叽里咕噜说了几句什么，这回裴折聿有些听不太清楚，倾身过去帮她扣安全带。

不太喜欢被束缚的感觉，身体贴近时，周亦澄动了动手腕，向后倒。

身前男人挡住她眼前的大部分光线，低垂着眉眼，浓密的睫毛近在眼前，根根分明。

周亦澄心血来潮,兴致勃勃地数着他的睫毛,忽然听他开口问道:"你都喝了什么?"

"啊?"

周亦澄愣了一下,无意识间半伸出去的手指点在了男人的脸颊上,再往上一点,就是那双浅色的漂亮瞳眸。

她愣愣地与他对视两秒,说:"桃子味的,加了半杯雪碧,很好喝。"

裴折聿慢悠悠地追问:"有多好喝?"

周亦澄脑袋转不过来,想不出什么具体的形容词,小幅度地比比画画:"就真的还蛮好喝的,我都尝不出什么酒味……"

"咔哒"一声,安全带被系好。

裴折聿眼神往自己动作的方向略微轻瞥,而后收回视线,满眼兴味地得寸进尺,拖长了声调:"你又不让我喝酒,我怎么知道好不好喝?"

裴折聿只是抱着好玩的心态逗逗她,却没想到小姑娘当真把这当成了一个严肃的问题,皱了皱眉,似思考一般低下了头,还不时轻轻点头。

一副煞有介事的模样。

"行了行了。"裴折聿怕她这会儿本就神志不清,再想些别的又把自己绕进去,揉了揉她的头顶,刚想坐回椅子上,蓦地感觉领口被一道力拽过去。

周亦澄扯着他的衣领往自己的方向带,力道没控制住,出奇地大。

一个带着白桃味儿的吻顷刻压上来。

淡淡的酒气混着桃子的甜香在唇舌间交缠，没过多久便分开。

咫尺距离间，周亦澄眼尾氤氲着水雾，含混地说："这样就可以了。"

唇间晶莹闪烁，一双眼却认真而无辜，又纯又欲。

口腔里还弥漫着那股混杂的甜香，裴折聿先是怔了怔，而后失笑。

他舔舔唇，莫名愉悦起来："嗯，很甜。"

这姑娘醉酒之后竟然出奇地……大胆。

平时被他纵惯了，就连一个吻都要害羞半天，想要把人拐到床上还得连哄带骗，这会儿他哄也不哄骗也不骗，倒是主动得很。

不过他还挺乐意。

坐回去单手理了理领口，待到重新将自己的安全带系好，裴折聿侧头，刚想问问周亦澄回哪边，便见小姑娘头一歪，彻底睡了过去。

裴折聿止不住地低笑出声，伸手过去捏了捏她的指尖，启动车子："行，那晚安。"

于是第二天，周亦澄清醒后再听闻这件事，恨不得把自己整个人埋进地缝里。

裴折聿见她抱着枕头自闭的模样，笑得肩膀都在抖，还不忘痞笑着凑过去问上一句："既然觉得那酒好喝，待会儿我再买点回来备着？"

周亦澄："……"

她才不要再喝了！

## 番外二

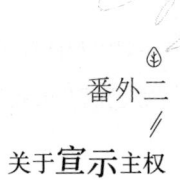

### 关于**宣示**主权

周亦澄没想到,上次回一中碰到的那个男生居然还有后续。

大四开学,她刚抵达泽城,被裴折聿接回那边,手机便跳出来了一则消息。

今天吃啥:【学姐,你到学校了吗?】

学姐?

上次换了手机,微信的聊天记录被抛得干净,加之平日里同她打交道的人许多都会用"学姐"这个称呼,周亦澄盯着这个没给备注的"今天吃啥",一时间有点犯迷糊,不大认得出来是谁。

她犹豫了一下,用尽可能委婉礼貌的话回过去:【请问,你是……】

今天吃啥:【……】

周亦澄能感觉到对方也尴尬住了,刚想继续解释自己没有给备注这件事,那边已经迅速发过来一通解释。

今天吃啥:【没事,学姐记不得我也正常,都过去蛮久了。】

今天吃啥:【你还记得前两年你回一中的事情吗?】

今天吃啥：【就那个，奶茶，然后你还鼓励我考泽大来着。】

这么一说，周亦澄倒是慢慢想起来了。

她有点抱歉：【不好意思啊，之前没给备注。】

她在那天过后回头就跟他说清楚了，之后他大约是真的收了心，除了一开始找各种理由来问过学习方面的问题，之后就再没了动静。

没想到这时候居然还能想起她来。

今天吃啥：【哈哈，没事，重新自我介绍一下，我叫杜方泽。】

趁着周亦澄改备注的工夫，他又跟话痨一样"哐哐"发来了好几条。

杜方泽：【学姐，你现在在泽城吗？】

杜方泽：【我们以后有空可以一起玩啊！】

周亦澄有些惊讶，第一反应：【你考上泽大了？】

杜方泽：【怎么可能，要真那样一中可恨不得昭告天下。】

杜方泽：【我考上隔壁城市学院了，离得不远。】

杜方泽：【周末什么的要不然我请你吃顿饭吧？】

杜方泽：【就当我这个小学弟感谢你了。】

对于对方话题一下子转向"约出来请吃饭"这件事，周亦澄不大习惯，捧着手机抿了抿唇，再一次思考怎样用一个委婉的借口拒绝。

头顶覆下一层淡淡的阴影，周亦澄感觉到异动，抬眸时下意识地偏转了一下手机屏幕，下一秒便撞进一双浅褐色的眸中。

裴折聿神色懒懒道："行李帮你放回房间了，跟谁聊天呢？"

后半句听起来漫不经心，却又怎么听怎么刻意。

这也没什么藏着掖着的，周亦澄照实把事情给他说了一下，裴折聿听后稍一扬眉："不知道怎么拒绝？"

周亦澄为难地点点头。

裴折聿笑了下："就说和男朋友一起，问问他同不同意？"

周亦澄张张嘴，还没说话，手里的手机就被裴折聿轻松拿走。

男人垂眸，手指在屏幕上动了动，一条消息便发了出去。

拿回手机，周亦澄盯着裴折聿帮她发的内容，松了一口气。

对方的目的性太明显，不明着说她也没法明着拒绝，如果这样的话，应该没什么问题了……吧？

果不其然，那边收到了消息以后，许久没回。

周亦澄于是暂时把这件事抛在脑后。

沙发陷下去一块，裴折聿长腿屈起，把人揽在怀里，手覆在周亦澄小腹上摩挲，声音低沉磁性："这学期不回寝室了？"

周亦澄"嗯"了一声。

男人把头埋进她颈窝，浅浅吸了一口气。

周亦澄十分自然地往他怀里窝了窝，听他说："想你了。"

周亦澄语气有点儿无奈："这也才半个月没见吧？"

之前他才跑回津市，和她待了好长一段时间，也就半个月前才回来的。

明明都在一起了这么久，这人反而变得比之前更黏人，占有欲好像也比以前还要重了点。

不过……她还挺乐意这样的。

会一次又一次真切而清晰地让她感受到，他属于她。

裴折聿把她抱到腿上，两人又黏糊地亲了一会儿才舍得放开。

周亦澄一边理衣服一边起身:"我去挂衣服。"

"行。"

周亦澄走时顺手从茶几上拿过手机,忽然感觉掌心振动了下。

点开手机看,是杜方泽的回复。

杜方泽:【那好啊,刚好我也想知道学姐的男朋友长什么样。】

杜方泽:【你就带过来呗,刚好我也能帮忙掌掌眼!】

杜方泽:【我餐厅都订好了,不去可就太浪费了啊。】

周亦澄:"……"

感觉到周亦澄的停滞,裴折聿问:"怎么了?"

周亦澄轻吐一口气,把手机屏幕展现在裴折聿眼前。

裴折聿定睛看了看,眉梢一扬,反而笑起来:"行啊!"

第二天傍晚,周亦澄两人先到了约定的餐厅。

一开始杜方泽还想在吃饭前约个电影,被周亦澄拒绝了。

她这会儿算是明白了,这人根本不信她有男朋友这件事。

她轻叹一口气,看着手机里对方发来的"我到门口了"的消息,回了个"嗯"。

杜方泽在消息发出后没过一会儿便出现在了门口。

周亦澄这桌在偏里面,越过重重人群看见不断往里东张西望的男生,她挥了挥手。

对方视线一落到她身上,就换了副兴奋的模样,也冲她挥手。

周亦澄感觉自己另一只撑在椅侧的手被轻轻捏住,有些疑惑地回头看向裴折聿:"怎么了?"

见面前人注意力被转移,裴折聿不动声色地收了手:"没。"

他盯着她一头垂落的长发，靠近了一点，娴熟地勾下手腕上的皮筋，询问："帮你扎起来？"

周亦澄撩了撩偏长的鬓发，想起这样吃饭确实不方便，于是点头，侧过去背对他。

这么长时间练下来，裴折聿帮人扎头发的技术突飞猛进，早已从一开始的稍显生涩变得熟稔无比，是以周亦澄能放心地把这些事交给他做。

"学姐好久不见啊，你——"

倏忽间，一道声音突兀地在两人动作间响起，又戛然而止。

从人群方向走过来的杜方泽停在桌前，灿烂的笑容在目睹眼前的一幕后，生硬地僵在脸上。

气氛微妙地凝滞两秒。

杜方泽眼神震颤了两秒，似是一眼就认出了裴折聿，视线从周亦澄身上扫过去后，在男人脸上来来回回睃着。

裴折聿专心给人扎头发，像是没注意到旁边立了个大活人。周亦澄闻声，倒是稍微侧了侧头，投过去一个眼神，礼貌地笑笑："啊，你来了呀。"

"啊……嗯。"杜方泽反应过来，点了点头，勉强保持着笑容，坐到对面的椅子上，显得有些不知所措。

裴折聿恰好帮周亦澄绕上最后一圈皮筋，没看他，招手让服务员来点菜。

整个点菜的过程弥漫着一种不可言说的拘谨，裴折聿用一问一答的方式在征询过周亦澄的意见后，点了几道。

中途，周亦澄抬头，问面前菜单都没翻开的杜方泽："你怎么不点？"

杜方泽干笑两声："你们先点，我最后再看看。"

裴折聿合上菜单，慢条斯理："那就先这些吧，不点多了。"

他顿了下，将菜单递还给服务员的时候，弯了一下嘴角："毕竟不是我请客。"

见杜方泽脸色又是微变，裴折聿轻笑了声："开个玩笑，有我在，哪能让你破费？"

简单一句话，瞬间将主客分得清清楚楚。

杜方泽微哽。

好在裴折聿本也没什么刻意为难他的意思，不咸不淡便将这些东西带过。

也因为这些，杜方泽一顿饭下来倒是压下了那些蠢蠢欲动的心思，只是眼底还不时闪过些怀疑。

裴折聿完全没有理会，该夹菜夹菜该帮女朋友剥虾便戴着手套帮着剥虾，动作自然。

一顿饭至尾声，裴折聿先行去结账，而后让周亦澄稍等一下，自己走出了餐厅。

饭桌上只剩下周亦澄和杜方泽。

裴折聿这个自带低气压的大魔王一走，杜方泽终于有了喘息的机会。

他挠了挠头，又和周亦澄随便引了点儿话题起来。

"学姐，你这是本科最后一年了吧？"

"啊，是啊。"

"那得开始准备找工作了吧？"

"啊……我读研。"

"这样啊……"

一番没有营养的对话持续你来我往，聊了好一会儿，杜方泽突然状似无意地插了句："学姐，他是那时候跟在你身边那个吗？"

周亦澄知道他指的是什么时候，点了点头："啊，是。"

"如果我记得没错，应该是传说中的裴折聿学长吧？"杜方泽呵呵笑起来，"怪我这人记性差，刚才都忘记跟他来个自我介绍。"

周亦澄不明白杜方泽想表达什么，静静听他继续说。

"都是泽大的学霸啊，我望尘莫及的高度……"

杜方泽感叹着，手肘抵在桌面上，身子向前倾了倾，又不死心般提起："不过上次见，学姐不是还说，他只是普通朋友吗？"

他帮周亦澄倒了杯茶，半开玩笑地试探："该不会，你说有男朋友，其实是随便找了个朋友当借口吧？"

周亦澄刚无奈地想要解释，忽然发觉有只手撑在了眼前。

"以前不是，但现在是，有什么问题吗？"属于裴折聿的声音淡淡响起，他骨节分明的手指敲击两下桌面，侧头微微看向杜方泽，眯了眯眼："怎么，还想我用什么方式证明？"

男人声音虽淡，却暗含威胁，杜方泽背脊一僵，咽了口口水，忙打着哈哈否认："没有没有，我就开个玩笑，随便问问。"

说完，他便欲盖弥彰地找了个借口，迅速告辞离开。

裴折聿适才移开视线，眼底的冷淡散去，情绪缓和几分。

就像刚才什么也没发生过一样，他扭头看向周亦澄，发现对方也若有所思地与他对视。

视线交汇的一瞬间，周亦澄的思索像是突然得到了答案，笑起来眉眼恬静："你刚才那是……吃醋了吗？"

裴折聿薄唇轻抿："还行吧。"

"噢，"周亦澄托腮，"那你还对人那么凶。"

"我凶吗？"裴折聿失笑，"好像是有点，不过不强硬一点，他是不会打消那些想法。"

周亦澄眨眨眼："所以你吃醋了。"

裴折聿俯身，玩儿似的捏着她下巴，磨了磨牙："……是，吃醋了。"

周亦澄又笑了起来，仰头："那你之前怎么还留我和他单独待着？做什么去了？"

对方没吭声，她感觉到钳制住下巴的两根手指缓缓松开，而后裴折聿往她手里塞了点东西。

周亦澄低头看，发现是两片创可贴。

裴折聿低声道："下次出来，就别穿高跟鞋了，穿舒服点儿的鞋。"

周亦澄微愣，心头荡起微微的涟漪。

她今天出门穿的是最近买的新鞋，鞋子跟有点高，且后跟的位置微硬，她穿着不太舒服，走路比之前慢了些。

本以为这一点小细节，他不会注意到。

"因为附近便利店离这儿还有一段距离啊，难不成也带你走过去？"

裴折聿眉一挑，借着她的手帮她撕开创可贴，语调轻松，像这只是极为理所当然的一件事。

"毕竟比起吃醋，我更舍不得你受伤。"

## 番外三

### 关于看日出

某年八月的某个凌晨,周亦澄格外忙碌。

从书房浩如烟海的资料里抬起头来时,已经是凌晨四点。

这个时候她本该睡觉,可刚才脑中高速运转的后遗症尚存,一时间处于兴奋状态,便毫无睡意。

她轻叹一口气,关掉桌面上的台灯。

书房里只剩下有些微暗的顶灯还亮着,光线一瞬变化,在角落沙发上正小憩的裴折聿抬起眼皮,缓慢坐正:"弄完了?"

他说着伸手,像是要找她搭把手,好让自己能站起来。

周亦澄点点头,朝他走过去,伸手:"你其实不用等我到这么晚的。"

忽然身子被一股力向前拉,她猝不及防失去平衡,坐到了裴折聿的怀里。

男人揽着她的腰,问:"睡了?"

周亦澄习惯地调整了一下姿势,靠着他肩:"还不困。"

裴折聿轻轻往她耳垂上咬了一下,笑声沙哑,透着几分性感:

"那要我给你讲点儿睡前故事?"

周亦澄深谙这人的德行,自然知道他怎么可能好好讲什么"睡前故事",反手在他腰上掐了一把。

男人闷笑着把她抱得更紧。

"别闹。"周亦澄感觉到自己的腰肢被捏得痒痒,小声提醒,动了动身子,抬眼时目光刚好对上正前方墙壁上挂着的一幅画。

是一幅油画,之前裴折聿陪她去游乐园玩的时候一起画的,回来之后裴折聿就买了个挺贵的相框裱起来,然后挂到了墙上。

画的是日出,也许是因为有教程在,整幅画虽然没有什么技术含量,看着却也赏心悦目,周亦澄不把它当黑历史,便也默认了他这样的做法。

她盯了会儿那幅画,身体无意识地左右晃动了一下,很细微。

但裴折聿察觉得很敏锐,明白她这是陷入思考时候的自然反应,于是问:"怎么了?"

周亦澄忽然开口,很轻:"裴折聿,要不我们去看日出吧。"

"好啊。"

"欸?"周亦澄没想到裴折聿会回答得那么轻松,她其实也不过心血来潮随口一提,没想到对方居然比她接受得还要更快一点。

裴折聿神色如常,等到周亦澄站起来后,自己也站起来,勾过一边桌面上的车钥匙:"那现在就走吧,带你去山上看。"

周亦澄:"……"

怎么说,这个人好像比她更行动派一点儿。

于是凌晨四点,天色尚且未亮,周亦澄简单换了身衣服,便被裴折聿带上了车,往郊区赶去。

周亦澄坐在车上,嫌车里空气太闷,打开窗户趴着。

车子驶出小区,天还没有亮,沿途只有将要打烊的烧烤铺和零零星星支起的早餐店,灯光缀在路边,与路灯交相辉映,勉强照亮夜空。

路上没车,一路开得十分通畅,两边建筑飞速倒退,前方宽敞平坦。清晨的温度还有些低,不断有风从窗外灌入,吹得周亦澄脸颊很快冰凉起来,她关上窗,双手捂在脸颊上。

脸上渐渐回温的同时,困意也随着安静的环境渐渐升起。

周亦澄悄悄用余光观察了一遍旁边人聚精会神开车的模样,低头查了一下地图。

从这边过去郊区,大概还有四十多分钟的路程。

还挺远。

那现在眯一会儿……应该没有什么问题吧?

就一会儿,应该不会睡着——

"澄澄?"

路过一个红绿灯时,裴折聿余光注意到身边人脑袋不自然地往旁边歪倒,试探地唤了一声。

对方没反应。

裴折聿趁着红灯的间隙伸手从后面拿了个U形枕,帮着她戴上,确认她能睡得舒服后,纵容地轻叹一声。

周亦澄迷迷糊糊地做了个梦。

一个不混乱、不黑暗，也没有任何奇形怪状的东西出现，却始终压抑的梦。

她再一次梦见了高中时的情景。

她仍像曾经那样沉默内敛、敏感胆怯，也仍像曾经那样，始终没有办法踏出那一步。

她依旧是那个见证别人肆意青春的人，依旧是那个一遍一遍许愿，却始终无法得偿所愿的人。梦里的她被迫重复走曾经的那条路，无法控制，无从改变。

但至少，她可以一遍又一遍地提醒自己，没有关系的，会好的，她期待着那一天。

——可即使她那样坚定地相信，也没有等到后来的重逢。

梦里的她毕业后没有再见过裴折聿，就像是未来的进程在这一刻被生生掰断，又画上了一个无比显眼的句号。

她只能从学校的一些八卦论坛里隐约听说"裴折聿"的名字，听说他和他的青梅竹马从高中便在一起，郎才女貌，感情甚笃，并在大三的时候订婚。

她等啊等，却再没有等到通讯录里多出一个叫"裴折聿"的备注。

后来再见他，是在他的婚礼上。

她明明了解他的全部，却只能作为关系并不怎么熟悉的高中同学，坐在最角落的那一桌，为台上被众人称颂祝福的一对璧人遥远地敬上一杯酒。

感官清晰得可怕，一室觥筹交错间，她甚至突然分不清梦境和现实。

又或许，梦境外的世界，才是她真正的一场梦。

鲜花、白纱、祝福，都似一层薄薄的雾，横亘其间，她看不清方向，迷失在雾气之中，慢慢被破碎的画面吞噬，仿佛在深渊中不断失重坠落。

……

"澄澄？"

轻柔的声音忽然在她的意识深处响起，缓慢将眼前破碎的画面修补。

黑暗亮起，薄雾消散，她看见裴折聿的脸出现在她的眼前。

有一瞬间，她恍惚间有点鼻酸，差点儿以为自己还在梦中。

这个梦时间跨度太长，虚虚实实不断变化，后劲儿太大。

直到额头上落了一只手，温热的温度源源不断从掌心渡进神经，她才像是从失重坠落的环境里落到了地上，一颗心逐渐归位。

"怎么了？"裴折聿离她很近，眼底几分担忧，"做噩梦了？脸色那么差。"

周亦澄慢慢将他的手拿下来，缓了一会儿，轻轻"嗯"了声："做了一个不太好的梦。"

"梦见了什么？"

裴折聿的语气并不勉强，握着她的手把她拉起来。

周亦澄这才发现，车已经停在了山上，而此刻，天色已微微亮起。

她腿还有些无力，小心地走在裴折聿身边。

山间雾气不重，偶尔响起几声鸟叫，往前走时，脚下草叶随着脚步"簌簌"作响。

极目眺望远方,小半轮红日正缓缓跳动着升起。

当第一缕光芒照耀入眼时,仿佛有一瞬的万籁俱寂。

眼前的景象是一种极为广袤而开阔的美,像是自带安抚人心的效果,周亦澄靠在裴折聿身侧,感受自己逐渐趋于平缓的心跳。

待到静下来后,她才抿抿唇,嗓音还带点干燥的哑。

"我梦见毕业之后,我没有在那个时候再遇见你。"

那么长的梦境,她只透露了这么一句话,但也足以让裴折聿明白,那是怎样一个梦。

裴折聿眼神暗了暗,刚想开口安慰些什么,却忽然又被握住了手,十指紧扣。

感觉到掌心被轻轻摩挲,他微愕,与她视线相错。

周亦澄仰头,一张脸浸在阳光里,清浅微弯的眼瞳里反射着璀璨的光,像是凝聚着整个夏日的纯粹无瑕。

"但是啊——"

她再一次开口,轻轻将两人交握的手抬起至眼前,视线越过无名指那一抹同样闪耀的细碎反光,浅浅地翘起嘴角——

"但是现在,我找到你了。"

## 番外四 夜航

1

我是在从墨尔本飞回泽城的那班航班上认识那位先生的。

他三十出头的模样,款式简单的黑色衬衫算不上规整地穿在身上,从进到候机室开始便坐在距离我不远的地方假寐,仿佛周围的走动与熙攘都与他无关。

好吧,我承认我的确是个颜控……能注意到他主要还是他的长相实在太过好看。我很难遇见这样的男人,抛却优越到过分的五官不说,成熟感与少年意气交杂在一起,带点儿痞,只一眼就能攫取住太多人的目光。

我其实中途屡次想要偷拍他,奈何脸皮实在太薄,手机偷偷举起又放下,最终只在微信上和朋友狠狠尖叫了一阵,搞得一个群的人轮着骂我吊胃口。

可没有办法,我就是不敢……

也不是没偷拍过,可这一次格外胆小,那人周遭气场太强,我连去一旁接杯水,经过他身旁,都有点儿想屏住呼吸。

登机时，他走在我前面，接到了一个电话，我听不太清说了什么，他侧身示意我先过，隐约听见他放轻声音说"好"，语调调笑中带着温柔。

他的声音很好听。

我这样想。

就是在这一时刻，我忽然有一种，想要认识他的冲动。

我知道这无关爱情，像那样的人，本就带着一种令人想要一探究竟的吸引力。

意外之喜，他的位子就在我的身边。

与此同时，我看见了他伸手时，无名指上闪烁着的戒指。

本就与他没有任何旖旎的心思，我并不感到失落，只是有些惊讶。

很难想象，这样一个看起来一副没有心的样貌，明明像是会浪迹花丛的人，竟然会"英年早婚"……

他自落座后便闭眼假寐，中途有空姐来来回回走过，似是想询问他什么，他也从没睁开过眼。

切换到飞行模式前，我跟爸爸妈妈打了个电话。

我妈听到我的声音，直接放下牌局就要拽着我爸开车来接我……多亏了我爸还算清醒……拜托，要是这个时候过来，真的不会等到天荒地老吗？

等我挂了电话，注意到那位先生似乎也刚挂断电话，眉眼舒展着，带些未消散的宠溺。

感觉到我的目光，他神色微敛，浅淡地看过来："是需要出去吗？"

我摇头，既然话题这就算打开了，便也有些忐忑地开口，将憋了很久的问题问出口："您是在和您的太太说话吗？"

——这问题可真憋死我了。

听见我这个问题——也许只是听见了"太太"这个词，我见他原本十分寡淡冷漠的表情放松下来，轻轻点了点头。

没有想象中那般不近人情的冷漠，却也不再过多透露，我突然有些找不到继续的话题，只能稍微有点遗憾地闭上了嘴。

从墨尔本飞往泽城要花费足足十个小时，能睡上很长的一觉。

而一觉睡醒，飞机仍平稳地行驶在云层之中。

此时舷窗外是深黑的天，似乎还下着微蒙的雨，偶尔有雨滴落在窗上，划出一道细而长的痕迹，红色黄色闪烁的灯光交织，竟颇有一种末日的感觉。

与刚上飞机时的环境不大相同，现在实在是太晚，机舱里几乎已经变成了漆黑的一片，只有我身边还洒落着一片光。

那位先生没有要睡觉的意思，顶灯还开着，手里握着一本书，看得很认真。

我眯起眼睛仔细辨认了好几遍，发现那并不是我认识的任何一本书……反而像是一本相册？

那本相册被做得无比精致，厚得像是一本精装版的《基督山伯爵》，每一页上都贴着一两张照片，上面大多是一个两三岁模样的小男孩，每一张照片下都附有一两行秀气的小字，为那几张照片做注解。

刚清醒过来，我迷迷糊糊的感觉身体有点不受控制，脱口而出:"这是您的孩子吗?"

男人这才注意到我,余光瞥过来挑了下眉:"是,今年六岁。"

噢——

我点点头,看见他又翻过了一页,新的一页照片里出现了另一个人的身影。

是个年轻的女人,蹲在小男孩身边,素净漂亮的一张脸上泛着温软的笑意,仿佛能隔着一张照片的距离,柔化周遭的空气。

这位大概就是他的妻子了。

看见照片背后熟悉的背景,我眼睛一亮:"墨尔本大学?您夫人也是吗?"

"算吧。"他没有否认,话音带着出神的感觉,手指轻轻从照片里女人的脸颊上拂过,嘴角勾起一丝笑意。

这样毫不避讳的爱意让我突然羡慕起来,甚至连喉咙里即将脱口而出的那句"您好像很爱您的夫人"都尽数落回了肚子里。

——这根本不需要再废话。

我找不到话说,他也没有要与我交谈的意思,气氛静下来,不知怎的,就变成了他慢慢翻相册,我在一边围观。

书页一点一点翻过去,我逐渐变得恍惚,隐隐约约像是窥见了一段浪漫的故事。

照片里的小男孩逐渐年幼,到最终相册里的主角变作那位美丽的女士。

有办公室里认真工作的侧颜,也有家中窗边侧头打盹的睡颜……逐渐地,我看见了他们婚礼时的白鸽与漫天礼花,看见了大雪纷飞时,被冻得鼻头通红却难忍笑意的晶亮双眸,看见了大学毕业照上，笑颜灿烂如朝阳的年轻男女。

那真是一段……很长的故事啊。

不知不觉，相册竟已翻至尾页。

我目光从未离开，因而看见了最后一张照片，不同于之前的单人或双人，那是一张高中毕业的集体照，和在候机室的时候一样，那位先生的身影，即便是放在那样青涩的时代，也耀眼到足以让人一眼看到。

而他的夫人，站在他的前面一排，与他靠得很近。

漂亮，素淡，却……稍有些沉默不起眼。

虽然这样评价别人好像着实有些冒犯，但事实就是这样，怪我出国一趟语文知识储备量也越来越匮乏，竟真的找不到更好的形容词。

画面中的女孩儿轻咬着唇，手里紧紧揪着袖子，几分拘谨，校服衣袖上，写着龙飞凤舞的"前程似锦"。

照片下方的字迹注解只有简单的四个字——

凤愿得偿。

而在下一行，锋利的字迹依稀能辨别出与校服上的字迹三分相似——

我的荣幸。

多年前的照片与似是前不久才添上的文字，在某一个节点重新相遇。

好奇怪，明明只是别人的故事，我甚至还不知道那位先生和他的太太姓甚名谁。

可为什么，我感觉到眼眶有点热。

为他们仍在相爱。

——岁月真是个神奇的东西。

带走了时光,带走了年龄,就连幼时的那么多回忆也都尽数从脑海中淡去。

但有些东西,终究会光明正大地经受过时光的一遍遍冲刷,甚至越发闪亮。

经过无比漫长的一段飞行,飞机落地时,我终于延迟收到了来自微信上各类狐朋狗友的催促,争先让我把照片发出来。

说实话,我感觉我胆子回来了……那位先生的脾气好像也没有我所想象的那般不好,如果是一个合照,不至于搞不到。

但我又改变心意了。

我低头,侧着屏幕,边打字边带着点儿得逞意味地笑起来。

【那不行,我可还没征得他太太的同意。】

我想,我一定是见证了爱情。

## 2

飞机在泽城停靠的时候,笼罩的黑夜正蒙蒙亮起。

机场灯光通明,接机口人头攒动。

裴折聿下飞机时没有给周亦澄打电话,之前也并没有答应让她来接他的提议,径直穿过人群,在走出机场前,注意到了一旁的鲜花自动贩卖机。

也不知道是什么时候添的这东西。

**他停顿两秒,脚下方向偏转。**

几分钟后，他从冰柜里拿出了一束玫瑰，如火般鲜艳。

轻轻整理好被挤压得有些凌乱的花瓣，裴折聿凑近了轻嗅两秒，忍不住无奈笑起来。

明明清楚周亦澄对这些东西并不感兴趣，可他仍想把这些世间零散的美好尽数献予她。

车在目的地停下时，泽城的天光已然大亮。

今天正巧是周末，路边处处洋溢着闲适的气息，裴折聿难得有兴致，慢悠悠地走过稍显空荡的街道。

灰色为主调的街道环境，与手中玫瑰的颜色形成了极为鲜明的对比，倒是有几分扎眼。

在平日周亦澄最喜欢的那家早餐店前停驻，裴折聿轻车熟路地买好早餐。

老板认出是熟客，特地往袋子里多装了个包子，笑呵呵地从他手上的玫瑰花上移开视线："结婚这么久了还搞这么浪漫啊？"

裴折聿笑了笑，没说话。

回到家门口，他没有直接拿钥匙开门，而是抬手，轻敲了三下门，便停下来静静等待。

里面隐约有脚步声靠近，稍显匆忙凌乱。

"咔哒"一声，门被打开，里面探出一张睡眼惺忪的脸。

周末不用早起上班，这会儿她还没睡醒，只穿着一件单薄的睡裙，凌乱的长发披散在脑后，头顶还翘着几根压不下去的呆毛。

"回来啦……唔！"

还没等她把话说完，就感觉到下巴传来一阵力道，下一秒唇上便压下一道温热，阴影将她完全笼罩。

"还跟我说要早起来接我，真起得来？"

裴折聿微微俯身，垂着眸，眼中压抑着几分难耐，唇舌来回厮磨，许久才餍足地放开。

再多的困意，经由这一吻也该清醒过来了。

周亦澄有点儿喘，感觉到腰上那只手隐隐有向上的趋势，羞得转身就要逃开："让我回去把瀚瀚叫出来……"

她好不容易挣扎开，后背却再一次贴上了男人的身体。

"你……"自知逃不过，周亦澄咬咬唇，睁开眼，意外地入目一片娇艳欲滴的火红色。

鲜艳的颜色惯会带来视觉冲击，周亦澄怔了怔，心脏狠狠跳动一下。

无论多少年过去，无论经历过多少次面对这样的惊喜，她仍旧忍不住心动。

这么多年来，从未改变过。

颈侧有气息靠近，裴折聿下巴埋在她的颈窝，磁性的低笑沉沉落在耳际："挺久没给你买过花，有点儿不习惯。"

感觉到怀里女人纤细的身子软下来了些，裴折聿又把她往自己身前带了带，去亲她脸颊："半个月没见，不想我，嗯？"

周亦澄轻哼一声，有些不自在地抬了抬肩膀："……你胡楂扎到我了。"

裴折聿勾了勾唇，不掩调笑，感觉到女人脸颊的热意，带着几分恶劣地又凑近了些。

"爸爸，妈妈，你们又在干什么——"

两人的动作被一道稚嫩的声音打断。

裴折聿眉一挑，抬眸，看见不远处转角走出一个小小的身影。

明明不过五六岁的模样，却跟个小大人一样，面色冷静地望着眼前这一幕，一副见怪不怪的模样。

——不过也是，任谁有一对从小到大不分场合到处撒狗粮的父母，倒也确实会对此见怪不怪。

他习惯了不意味着其他人也习惯，周亦澄脸皮薄，见状，一只手接过裴折聿手上的花，另一只手伸到后面往男人腰上揪了一把，无意识地絮絮起来："行了，你坐了那么久飞机，肯定也累了，我去把花插上，你赶紧去收拾一下。"

"是呀，爸爸快去收拾一下，我帮妈妈把花弄好。"

裴墨瀚小朋友一张包子脸一本正经，说着便走过来牵住周亦澄的手："妈妈，我知道花瓶放在哪里的哦。"

裴折聿睨了自家儿子一眼，父子俩交换过眼神，他似笑非笑，把放在玄关柜上的早餐交给周亦澄："行。"

裴折聿转身回房间，裴墨瀚小朋友"哒哒哒"跑到储藏间去挑了个花瓶过来。

花瓶是上个月周亦澄陪朋友逛街的时候买的，路边小花店买一送一做活动，朋友买了花顺手塞给她一个，她平时也用不着，还是裴墨瀚小朋友拿去放好的。

玻璃瓶的款式很简约，上面有竖行的条纹，折射着光线，倒有几分晶莹剔透的感觉。

修剪花枝的任务周亦澄一个人完成，裴墨瀚就在一旁把花枝整整齐齐摆好。

桌子紧贴着窗边，从窗台向外看去刚好能看见自家花园，今天天气不错，清晨的阳光洒落在草地上，衬得里外皆是一片静好。

偌大的空间里，只剩下剪刀剪动花枝的声响。

周亦澄一边修剪，一边偷偷瞥向满脸认真严肃的小孩儿，不由得笑着摇了摇头。

当初这孩子刚出生取名的时候，裴折聿为了防止他像自己那样长成一个浑不愣，便取了"墨瀚"这么一个稳重大气的名字，没料想这孩子性子当真随了名字，自小安静又稳重，从不让人操心。

她倒是希望这个年纪的小孩儿能活泼一点儿。

在每一根花枝尾部都剪好一个四十五度的切面，那边裴折聿也收拾好自己，坐到了桌边，撑着下颌观察母子俩往瓶里插花。

周亦澄不爱一股脑把所有花枝都堆进花瓶，耐心地按照长短错落有致地布置着。

感觉到男人的视线一直落在自己身上，从未移开，她假装什么也没察觉，一边动作，一边偏头问裴折聿："这样好看吗？"

裴折聿笑眯眯的，话语似在唇齿之间慢悠悠地绕了一圈："好看。"意有所指。

周亦澄在桌子下轻轻踢他："正经点。"

裴折聿带点鼻音，扬着语调："我哪儿不正经？"

周亦澄沉默两秒："……哪里都不正经。"

闻言，裴折聿顿了下，忍不住笑出声，肩膀都在抖："真的？"

周亦澄这才意识到自己好像说了什么有点危险的话，又踢他一脚。还是没什么力气，反倒是裴折聿抬腿，轻轻蹭了蹭她的小腿。

一个没注意,玻璃与桌面碰撞的声音响起,伴随裴墨瀚的一声低呼。

余光见花瓶倒下,周亦澄呼吸一滞,急匆匆转头,便看见裴墨瀚一副做错了事的模样,眼前是倾倒的花瓶和花。

小孩儿被泼了一身水,没哭没闹,反而是低下头,小声说:"一不小心搞砸了……"

周亦澄心一下便软了,声音也跟着软下来,蹲在他身边帮他擦了擦身上的水:"没关系的,我们一会儿重新来就好。"

裴墨瀚没说什么,小脑袋点了点,作势要重新拿起桌上的花枝。

周亦澄见状,握住他的小手,循循善诱:"现在我们要回房间去把衣服换好,才能继续做这件事,不然会感冒的,妈妈陪你去换衣服,好不好?"

平日里换衣服从不需要家长帮忙的小朋友似是犹豫了会儿,而后轻轻点了点头。

周亦澄双眼弯出笑意,牵着他往房间里走。

母子二人离开时,裴折聿顺手帮忙擦了擦桌子,忽觉有哪里不对,回头,便刚好对上裴墨瀚小朋友回头的目光,也刚好瞥见了小孩儿眼里炫耀似的情绪。

裴折聿沉默了下,咬着牙冷笑了一声。

什么冷静沉稳都是假的。

这小兔崽子,分明是想和他抢老婆。

---

本书由伊水十三委托长沙大鱼文化传媒有限公司正式授权四川文艺出版社,在中国大陆地区独家出版中文简体版本。未经书面同意,本书的任何部分不得以图表、电子、影印、缩拍、录音和其他手段进行复制和转载,违者必究。